La amante indómita del jeque

Sandra Marton

Bianca™

HARLEQUIN™

Editado por HARLEQUIN IBÉRICA, S.A.
Núñez de Balboa, 56
28001 Madrid

I.S.B.N.: 978-84-671-7331-4
Depósito legal: B-26235-2009
Editor responsable: Luis Pugni
Preimpresión y fotomecánica: M.T. Color & Diseño, S.L.
C/. Colquide, 6 portal 2 - 3º H. 28230 Las Rozas (Madrid)
Impresión y encuadernación: LITOGRAFÍA ROSÉS, S.A.
C/. Energía, 11. 08850 Gavá (Barcelona)
Fecha impresion para Argentina: 1.2.10
Distribuidor exclusivo para España: LOGISTA
Distribuidor para México: CODIPLYRSA
Distribuidores para Argentina: interior, BERTRAN, S.A.C. Vélez
Sársfield, 1950. Cap. Fed./ Buenos Aires y Gran Buenos Aires,
VACCARO SÁNCHEZ y Cía, S.A.
Distribuidor para Chile: DISTRIBUIDORA ALFA, S.A.

Capítulo 1

ERA una de aquellas tardes de diciembre que llenaban de magia la Quinta Avenida.

No había anochecido todavía, pero las luces de la calle ya se habían encendido, iluminando los gruesos copos de nieve que caían con indolencia del cielo. Todas las ventanas de los elegantes apartamentos de los edificios que se alineaban en la famosa calle estaban iluminadas. Al otro lado, Central Park resplandecía bajo su suave manto blanco.

Aquello era suficiente para hacer sonreír hasta al más hastiado de los habitantes de Nueva York, pero no al hombre que contemplaba la escena desde la ventana de su apartamento de un piso dieciséis.

¿Por qué iba a sonreír un hombre consumido por una rabia fría?

El jeque Salim al Taj, príncipe coronado del reino de Senahdar, León del desierto de Alhandra y guardián de su nación, permanecía inmóvil con un vaso de brandy en la mano. Un observador casual habría pensado que sus claros ojos azules estaban clavados en la escena de abajo. La verdad era que ni se había fijado en ella.

Estaba mirando hacia su propio interior. Reviviendo lo que había ocurrido cinco largos meses atrás hasta que un súbito movimiento lo devolvió al presente.

Era un halcón.

La salvaje criatura se dejó caer con gracilidad en la barandilla de una terraza. El halcón no pertenecía a la ciudad. Pero, al igual que Salim, era un superviviente. Salim sintió como se le aflojaba algo de tensión. Sonrió, levantó su copa en silencioso saludo y se bebió el líquido ámbar.

Él no era sentimental. El sentimentalismo era una debilidad. Pero era un hombre que admiraba el coraje y la determinación. El halcón reunía todas aquellas cualidades. Había sobrevivido en aquel lugar difícil.

Igual que él.

Aquel halcón había aparecido hacía alrededor de un año, sobrevolando sin esfuerzo por encima del tráfico antes de aterrizar en la misma terraza en la que estaba ahora. Aquella visión había sobrecogido a Salim. Conocía bien a los halcones. Los había criado, entrenado y echado a volar en las montañas y desiertos de Senahdar. Conocía su coraje, su independencia, la salvaje elegancia que latía en su interior aunque se mantuvieran calmados en el puño del hombre.

Al halcón le gustaba la soledad y confiaba en su instinto. No permitiría que nada lo derrotara.

Salim dejó de sonreír.

Él tampoco. Cinco meses atrás lo habían engañado, y pronto se enfrentaría a aquel insulto. Alzó la copa de brandy y apuró el último trago de líquido, que le resbaló por la garganta como si fuera fuego.

Todavía le enfurecía recordar cómo le habían mentido. Cómo había caído en la trampa más antigua del mundo. Cómo lo había humillado aquella mujer.

Le había mentido de la peor manera posible. Con su cuerpo. Con sus suspiros y aquellos gemidos que lo habían vuelto loco.

Maldición. El mero hecho de recordarlo hacía que volviera a tener una erección. A pesar de todas las mentiras, no podía olvidar aquel calor de seda, la dulzura de su boca, el peso de sus senos en sus manos.

Nada de todo aquello había sido real. Ella había jugado con él y le había robado el honor.

¿De qué otra manera podía describirse el despertar una mañana y descubrir que se había marchado llevándose con ella diez millones de dólares?

Un escalofrío de ira lo atravesó. Le dio la espalda a la ventana y cruzó la elegante habitación. Se sirvió otra copa de brandy. De acuerdo. Había cosas que no eran del todo ciertas. No se había despertado y había descubierto que Grace se había ido. Eso era imposible, porque no habían pasado nunca una noche entera juntos.

Salim frunció el ceño.

Bueno, tal vez una vez o dos, no más, y sólo por culpa del mal tiempo o porque se había hecho muy tarde. Nunca por otra razón. Ella tenía su propio apartamento y él el suyo. Así era como le gustaba siempre a él, por muy larga que fuera la relación. La familiaridad llevaba al aburrimiento.

Aquella última vez, Salim había salido de su cama un viernes por la noche y había volado a la Costa Oeste por negocios. Y cuando regresó a Nueva York una semana más tarde, ella ya no estaba. Ni tampoco los diez millones de dólares que había malversado de la inversora de Salim.

Los había malversado de una cuenta a la que sólo tenía acceso él. Salim dio un largo trago a su brandy y se dio la vuelta despacio. Diez millones de dólares, de los cuales no se había recuperado nada. Ni tampoco se había vuelto a saber nada de la mujer que los había robado. Pero se sabría. Oh, sí, se sabría muy pronto.

Aquel día no había sido capaz de pensar en otra cosa tras recibir la llamada del detective privado que había contratado cuando la policía y el FBI no consiguieron nada. Ahora no podía pensar en otra cosa mientras esperaba la llegada de aquel hombre.

Cinco meses. Veinte semanas. Ciento cuarenta y pico días… y ahora, por fin, iba a obtener lo que tanto ansiaba, un antiguo concepto que sin duda sus antepasados aprobarían.

La venganza.

Otro sorbo más de brandy. Le dejó una llama suave en la garganta al beberlo, pero lo cierto era que nada podía calentarlo. Ya no. No hasta que terminara lo que había empezado el verano anterior, cuando tomó a Grace Hudson como amante. Hasta ahí nada raro. Era un hombre, estaba en la madurez sexual y, lo cierto era que nunca había tenido que ir detrás de las mujeres. Ellas lo descubrieron cuando tenía dieciséis años en Senahdar, y desde entonces, siempre que había querido estar con una mujer, así había sido.

Lo extraño había sido que escogiera a Grace para ser su amante.

Las mujeres que elegía eran siempre hermosas. Le gustaban especialmente pequeñas y morenas. También las complacientes. Salim era un hombre moderno, le habían educado en Estados Unidos, pero la tradición era la tradición, y una mujer que sabía cómo complacer a un hombre era una mujer capaz de mantener vivo el interés.

Grace no había sido así en absoluto.

Era alta. Un metro ochenta más o menos, pero seguía llegándole sólo al hombro aunque se pusiera tacones. No tenía el cabello oscuro, sino leonino. La primera vez que la vio, sintió deseos de quitarle las horquillas y dejárselo suelto. Y cuando por fin lo hizo, le recordó a una magnífica leona.

En cuanto a lo de complacer a un hombre… ella no complacía a nadie. Era educada y bien hablada, pero tan directa como cualquier hombre. Tenía opinión para todo y no vacilaba en expresarla.

Era un desafío enigmático. En ninguna ocasión le había enviado ese tipo de señales que mandan las mujeres cuando están interesadas en un hombre.

Ahora entendía la razón, por supuesto. Era un ardid tramado desde el principio para hacerle picar el cebo. No lo había visto venir. Sólo vio que ella era distinta. ¡Y vaya si lo era!

Trababa para él. Salim nunca mezclaba el trabajo con el placer Pero un suceso inesperado había llevado a Grace a su vida. Su director financiero se había visto atrapado en la crisis de los cincuenta y decidió irse a vivir a Miami con una rubia de bote de un día para otro. Se vio obligado a reemplazarlo a toda prisa. Salim hizo lo lógico en estos casos: ascendió al ayudante del director financiero, Thomas Shipley. Eso dejaba vacante el puesto de ayudante. Así que le pidió que contratara a alguien. Era algo muy sencillo. Endiabladamente sencillo.

Demonios. La copa de brandy estaba otra vez vacía. Salim se acercó al mueble bar a rellenarla. ¿Dónde estaba el detective? Habían quedado a las cuatro y media. Consultó el reloj. Apenas eran las cuatro. Se estaba empezando a impacientar.

«Cálmate», se dijo. Ya que había esperado tanto, bien podía aguardar un poco más.

Fuera, la oscuridad de la noche invernal comenzaba a posarse; era hora de encender las luces, pero la oscuridad se adaptaba mejor a su humor.

Todos los detalles de lo que había ocurrido después de que le dijera a su nuevo director financiero que contratara un ayudante seguían vivos, incluido lo que ocurrió dos semanas más tarde, cuando Shipley entró en su despacho.

–Buenas noticias –le dijo–. He encontrado tres candidatos. Cualquier de ellos sería una elección excelente.

–Pues escoge a uno –respondió Salim, que estaba ocupado con otro asunto.

–Pero yo soy nuevo, y el ayudante lo será también –insistió Shipley–. Preferiría no cargar completamente con la responsabilidad, señor. Creo que será mejor que tome usted la decisión final.

Salim protestó, pero sabía que Shipley tenía razón. Inversiones Alhandra era su niña mimada. La había fundado y la llevaba él. Al día siguiente, se reunió con los tres candidatos. Todos tenían unos currículums excelentes, pero uno de ellos resultaba espectacular. Sólo había un pequeño problema.

Se trataba de una mujer.

¿Una mujer ayudante del director financiero? ¿Sería una mujer capaz de lidiar con los entresijos de una corporación financiera?

Resultó que sí, que era extremadamente capaz.

Grace Hudson estaba licenciada en Cornell y en Stanford y había trabajado para las mejores firmas de Wall Street. Era elocuente y culta. Y, ¿qué más daba que fuera además la mujer más guapa que Salim había visto en su vida?

Grace era educada pero reservada. Y él también. Salim nunca mezclaba el placer con los negocios, y además ella no era su tipo.

No importaba el hecho de que la ronquera de su voz lo persiguiera aquella noche en sueños, ni que se preguntara qué aspecto tendría aquella melena rizada suelta alrededor de su rostro en forma de corazón, ni que durante la entrevista se preguntara durante un instante qué llevaría debajo del traje de Armani…

Pero se dijo que nada de aquello era importante y la había contratado.

Tres meses más tarde, se acostó con ella.

Fue una noche de viernes. Habían estado trabajando hasta tarde y Salim se ofreció a llevarla a casa. Grace vivía en el Soho; él mencionó que lo habían invitado a la inauguración de una galería cercana el domingo. ¿Le gustaría ir con él? No había sido su intención hacer semejante sugerencia, pero una vez que la hubo hecho, se dijo que era demasiado tarde para echarse atrás. Al ver que ella vacilaba, hizo una broma comentando lo aburridos que solían ser esos eventos, y lo contento que estaría si ella lo salvara de morir de aburrimiento. Grace se rió y finalmente dijo que sí. Se despidieron con educación hasta el domingo.

El domingo también estuvieron muy correctos hasta el momento en que Salim la llevó a casa. Entonces se miraron a los ojos y él supo que se había estado engañando, que aunque no la había tocado más que para estrecharle la mano el día que la contrató, había estado soñando con ella, deseándola durante semanas.

Sin previo aviso, Salim la agarró de los hombros y la estrechó entre sus brazos.

—No —dijo ella. Entonces, la boca de Salim atrapó la suya.

Grace tenía la boca dulce y húmeda, y sus besos eran tan apasionados como los de él. Parecía como si nunca hubiera besado a una mujer hasta aquel momento. Su sabor era como una droga.

–Salim –susurró ella cuando le sujetó el rostro con las manos–. No deberíamos…

Él le deslizó las manos en el interior de la chaqueta, acariciándole los pezones con las yemas de los dedos, y Grace exhaló un gemido que Salim no olvidaría jamás. Un minuto más tarde, la tenía apoyada contra la pared, con la falda levantada a la altura de las caderas, las medias de encaje desgarradas y estaba dentro de ella, acallándole los gritos con la boca, moviéndose una y otra vez, reclamándola como suya tal y como había deseado hacer desde el primer momento que le vio. No le importaba que estuvieran en el pasillo fuera de su apartamento y que cualquiera pudiera verlos, al diablo con el decoro. Al diablo con todo lo que no fuera aquella pasión que los estaba consumiendo a ambos.

Ella alcanzó el éxtasis entre sus brazos y, cuando volvieron a recuperar el aliento, Grace metió la llave en la cerradura y Salim la llevó al dormitorio para hacerle el amor una y otra y otra vez.

Le hizo el amor durante los siguientes tres meses. Cada vez que podía. En su cama. En la de Grace. En la parte de atrás de la limusina, en una posada de Nueva Inglaterra y una vez en su despacho… hasta ese punto lo había hechizado, porque así había sido, lo había arrastrado cada vez más a un mar de deseo que oscurecía todo lo demás.

Tres meses después, Grace desapareció. Y con ella diez millones de dólares y las ilusiones que él había sido tan estúpido de acariciar.

La copa de cristal se hizo añicos en la mano de Salim. El líquido ámbar se derramó por el suelo de madera junto con los cristales. Un reguero de sangre le manchó la palma de la mano, y Salim se sacó un pañuelo inmaculado del bolsillo superior de la chaqueta y lo colocó alrededor de la herida.

–Maldición – dijo en voz alta.

Salim había caído en el truco más viejo del mundo. Por culpa de una mujer. Había caído en las mentiras de una mujer hermosa que sabía cómo utilizar el sexo para cegar a un hombre. ¿Y por qué volvía a recordar los detalles? Se los sabía de memoria. Los había repasado hasta la saciedad, se los había contando a la Policía, al FBI y al detective privado. Tuvo que soportar la humillación de ver sus miradas cuando dijo que sí, que mantenía una relación sentimental con ella, sí, tenía acceso al despacho de su casa, a su escritorio, a sus papeles, su ordenador…

Nadie logró dar con ella ni con el dinero.

Y entonces, aquella mañana llamó el detective.

–Alteza –le había dicho–, hemos localizado a la señorita Hudson.

Salim había aspirado con fuerza el aire y había concertado una cita con él. Allí. En su casa.

En aquel instante sonó el intercomunicador. Salim consultó el reloj. El detective se adelantaba. Eso estaba bien. Cuanto antes tuviera la información que necesitaba, mejor.

–¿Sí? –dijo, contestando al intercomunicador.

–El señor John Taggart desea verle, señor.

–Hazle pasar.

Salim salió a la entrada de mármol, se cruzó de brazos y esperó. Unos instantes más tarde se abrieron las puertas del ascensor privado y salió Taggart. Llevaba una carpeta bajo el brazo.

–Alteza…

–Señor Taggart…

Los hombres se estrecharon la mano. Salim le invitó a pasar al salón, donde el detective vio la copa rota en el suelo y se fijó en la mano de Salim, cubierta por el pañuelo.

–Ha sido un accidente –dijo Salim–. No tiene importancia.

Taggart abrió la carpeta, sacó unos papeles y se los dio a Salim. Encima de ellos había una fotografía.

Salim sintió que la tierra se abría bajo sus pies.

–Grace Hudson –dijo Taggart.

Salim asintió. Como si necesitara que se lo dijeran. Por supuesto que era Grace. La foto estaba hecha en una calle de cualquier ciudad. Llevaba traje de chaqueta y tacones altos, y parecía una joven inocente. Pero no lo era.

–Está viviendo en San Francisco con el nombre de Grace Hunter.

–¿Está en California? –preguntó Salim alzando la vista.

–Sí, señor. Trabaja en un banco como auditora jefe.

Eso era un paso atrás respecto al puesto de ayudante de director de finanzas de Inversiones Alhandra, pero Grace no había podido conseguir una carta de recomendación. Salim frunció el ceño. Tampoco la necesitaba. ¿Diez millones de dólares y su ex amante estaba trabajando de auditora?

–Hunter era el apellido de soltera de su madre, y con un trabajo así consigue pasar inadvertida. Es una táctica común entre los ladrones inteligentes. Se dan un año o dos y luego se dirigen a Brasil o al Caribe para empezar a gastarse el dinero.

Salim asintió. Sí, Grace era inteligente. Pero no lo suficiente.

–¿Cómo es posible que las autoridades no hayan dado con ella?

–Tienen casos más urgentes –respondió el detective encogiéndose de hombros.

Salim volvió a mirar la foto.

–¿Tiene algún amante?

La pregunta le sorprendió a sí mismo. No sabía que iba a hacerla.

–Eso no lo he comprobado –Taggart sonrió tímidamente–. Pero su jefe parece muy interesado en ella.

Salim sintió como si le dieran un puñetazo en el estómago.

–¿Qué quiere decir eso?

–La acompaña a casa algunas noches, y va a llevársela a una conferencia en Bali. Estarán allí una semana –otra tímida sonrisa–. Ya sabe cómo va esto, Alteza.

Sí. Lo sabía. Maldita sea, lo sabía. Y ahora sabía también por qué Grace estaba trabajando en aquel banco de San Francisco.

–En la carpeta tiene todo lo que necesita –continuó el detective–. La dirección de la dama, el lugar en el que trabaja, e incluso el nombre del hotel de Bali donde su jefe y ella… donde se va a celebrar la conferencia.

Salim asintió con sequedad. ¿Por qué culpar al mensajero? Taggart era lo suficientemente perceptivo como para ver la verdad respecto a Grace, y él no lo había sido.

–Ha sido usted de gran ayuda –aseguró, acompañándolo al ascensor.

–¿Quiere que avise a las autoridades, jeque Salim?

–Yo me ocuparé de esto a partir de ahora.

–Si va a ir usted mismo tras ella, puedo averiguar qué clase de acuerdo de extradición tenemos con Bali.

–Sólo mándeme la factura. Y gracias por todo.

Cuando Taggart se hubo subido al ascensor, Salim se acercó de nuevo a la ventana.

¿Por qué debía ir él mismo tras Grace? Tenía contactos en el Departamento de Estado. Podía hacer que la trajeran y luego encararse con ella.

Salim apretó la mandíbula. Él estaba hecho de otra pasta. Sacó el teléfono móvil del bolsillo y apretó una tecla. Su piloto respondió a la primera.

–¿Señor?

–¿Cuánto tiempo tardarías en preparar el avión para un viaje a Bali?

–Bali –dijo el piloto con tranquilidad–. Ningún problema, Alteza. Lo único que tengo que hacer es cargar combustible y descargarme el plan de vuelo

–Hazlo –le ordenó Salim antes de colgar.

Capítulo 2

GRACE Hudson presumía de ser una mujer viajada. Había estudiado en universidades que ofrecían programas académicos en el extranjero y había participado en ellos gracias a las becas, porque era una buena estudiante. Así que pasó seis meses estudiando en Londres y otros seis en París con sólo veintidós años.

Luego hizo una entrevista para una firma de brokers en Nueva York en la que estuvo trabajando un par de años antes de cambiarse a otra. Ambas empresas la enviaron a viajes de negocios a Londres, París, Bruselas, Dublín y Moscú.

Estaba acostumbrada a los viajes. Pero Bali… estaba al otro lado del mundo. Era un lugar de playas hermosas, mar brillante y sol. Cuando supo que aquél era el lugar de destino, se quedó asombrada. Era nueva en aquel trabajo. ¿Estaba de verdad dispuesto James Lipton a darle semejante oportunidad?

–Podrá aprender mucho de banca asistiendo a esta conferencia, señorita Hunter –le había dicho.

Señorita Hunter. Aquel nombre todavía la sorprendía. Había adoptado el apellido de soltera de su madre después de… después de Nueva York. Se sentía cómoda con él y seguramente tendría que seguir utilizándolo durante un tiempo. Aunque no tenía miedo de que nadie la encontrara…

–Estoy muy contento con su trabajo, señorita

Hunter –continuó su jefe–. Tengo razones para creer que nuestro director financiero podría dejarnos pronto. Existe la posibilidad de que usted pueda ascender. Esta conferencia es una oportunidad excelente para aprender.

Ascender. A la posición que había perdido porque había descubierto demasiado tarde que en realidad nunca la había tenido, que todo lo que Salim había hecho había sido por sí mismo, por sus egoístas necesidades.

Pero Bali… siempre había deseado conocerlo. Aunque no sola. Le habría gustado visitarlo con alguien especial. Con un amante. Con…

Grace se dijo que debía dejar de permitir que el pasado se mezclara con el presente. El único problema era que tendría que pasar parte de la semana con James Lipton. En ocasiones se mostraba algo brusco, pero eso sabría llevarlo. Había algo en él que no le gustaba. No se trataba de su aire aristócrata ni de su actitud condescendiente. Había algo más, algo oscuro y maligno.

Pero eso era una estupidez.

Lipton era uno de los pilares de la comunidad. Había un centro de arte su nombre y un estadio. Su esposa estaba en la junta de media docena de obras sociales.

Para cuando Grace se hubo abrochado el cinturón a bordo del jet alquilado, se había reprendido mentalmente por ser tan estúpida. No tenía que caerle bien aquel hombre, sólo respetarle como jefe. Y así fue… hasta que el avión estuvo en el aire.

Resultó que James Lipton no era ningún pilar de la comunidad. No era más que basura.

Veinte minutos después de salir de San Francisco, el piloto anunció que habían alcanzado la velocidad de crucero y su jefe se transformó en un monstruo.

Estaban sentados uno al lado del otro. Lo había sugerido él para poder revisar las notas, según dijo. Lógico.

No lo era tanto que se inclinara sobre ella rozándole con el hombro y le dijera que, si se cansaba durante el vuelo, podía utilizar el dormitorio privado que había al final del avión.

–Gracias, señor, pero…

–Conmigo, por supuesto –añadió Lipton.

En un principio, a Grace le pareció que había entendido mal. Tal vez el ruido de los motores hubiera distorsionado sus palabras. Así que no respondió. Pero no había manera de malinterpretar aquellos dedos que se deslizaban por su pecho cuando fue a agarrar un libro, ni la mano que le cayó sobre el muslo cuando le preguntó sobre un informe.

Sin embargo, Grace trató de convencerse de que la imaginación le estaba jugando una mala pasada y se concentró en el trabajo. O eso intentó. Cuando finalmente Lipton se levantó para ir al baño, cerró el ordenador portátil, se dirigió a un asiento que había solo, echó la cabeza hacia atrás y fingió dormir hasta que el piloto avisó de que faltaban diez minutos para aterrizar. Eran las cuatro de la tarde.

A las cinco menos cuarto, Grace ya sabía que no había malinterpretado nada. El pilar de la comunidad tenía los pies de barro. La había engañado. Lipton no la había llevado allí para trabajar, sino para intentar seducirla, y aquello tenía tantas posibilidades de ocurrir como de que cayera nieve del cielo balinés.

Un coche como los que se utilizaban en los campos de golf los recogió en el aeropuerto. Lipton insistió en ayudarla a subir, y al hacerlo una de sus manos se le posó en el trasero.

–Oh –dijo, sonriendo con inocencia.

Grace quiso pensar que tal vez se había tratado efectivamente de un accidente. ¿Cómo iba a estar haciendo Lipton todas las cosas que ella pensaba? Había trabajado durante todos aquellos meses con él y siempre se había comportado como un caballero.

¿Estaría permitiendo que la forma de comportarse del donjuán de Senahdar se interpusiera en sus pensamientos? No. Ahora odiaba a Salim y siempre lo odiaría, pero hasta la noche en que cayeron el uno en brazos del otro, nunca la había tocado. Sería muchas cosas: frío, arrogante y sin corazón, pero nunca trataría a una mujer así.

El coche los dejó en el hotel.

Lo primero que vio Grace al entrar fue un gigantesco aviario de cristal lleno de pájaros de colores. Entonces, bajó la vista y vio el brazo de Lipton deslizándose por su cintura y colocándole la mano justo debajo del seno. Grace trató de apartarse, su mano se asentó con más firmeza.

—El mostrador de recepción está allí —dijo con brusquedad.

Grace miró a su jefe. Tenía los ojos en el mostrador, no en ella. Era como si su mano y él no estuvieran conectados. ¿Y ahora qué debía hacer? ¿Luchar? ¿Apartarse? No tuvo tiempo para ninguna de las dos cosas. Llegaron a recepción y Grace se echó a un lado. Lipton bajó el brazo.

El recepcionista sonrió. Pero no a ella. A su acompañante.

—¿Señor?

—Soy James Lipton —dijo él con brusquedad.

—Por supuesto, señor Lipton. Es un placer tenerle aquí. Bienvenido a Bali.

Ella como si no existiera. Pero, ¿por qué iba a ser de otra manera? Así funcionaban las cosas. ¿Acaso no lo había visto clarísimo cuando estaba con… con su anterior jefe?

–Supongo que mi suite está preparada –continuó Lipton.

–Por supuesto, señor. Si es tan amable de firmar aquí… excelente, gracias –el recepcionista chasqueó los dedos. Un muchacho con camisa de flores y pantalones cortos vino corriendo.

–Wayan, acompaña a nuestros huéspedes a la suite presidencial –el chico recogió su equipaje. Lipton se giró para agarrar a Grace. Grace se echó rápidamente a un lado.

–Mi apellido es Hunter –dijo con amabilidad–. Grace Hunter. Yo también tengo una reserva.

–Tonterías –dijo Lipton como si ella no estuviera allí–. La señorita Hunter es mi ayudante. Compartirá conmigo la suite.

–Yo no soy su asistente –dijo Grace–. Soy la auditora jefe de su banco.

Había sido una estupidez decir eso. O al menos la expresión del recepcionista así lo indicaba.

–Quiero decir que debe haber un error –dijo con calma–. Yo…

–Grace –Lipton hablaba también con calma, pero no cabía duda de la firmeza de su tono–. Estamos aquí para trabajar. He reservado una suite con dos habitaciones y dos baños. Tiene comedor y salón, todo lo que necesitamos para celebrar una conferencia cuando sea necesario y recibir a los demás en privado. ¿Tienes algún problema con eso?

Lipton hacía que pareciera razonable, pero sí, ella tenía un problema…

–¿Grace?

Los ojos de Lipton resultaban tan fríos como su tono. ¿Y ahora qué? ¿Debía montar una escena delante del recepcionista? ¿Encontrar la manera de regresar por su cuenta a San Francisco? ¿Perder el trabajo que había tardado dos meses en encontrar al no tener una carta de referencia?

Ella sabía mejor que nadie lo que era estar a merced de un hombre poderoso y cruel.

–Grace, te he preguntado si tienes algún problema por ejercer de mi asistente en este viaje.

Ella lo miró. Tenía una expresión desdeñosa y los ojos fríos como el hielo. Grace aspiró con fuerza el aire.

–Ninguno en absoluto –respondió con educación–. Se ha explicado usted perfectamente.

Lipton sonrió. Grace pensó que había tiburones con menos dientes.

Siguieron al mozo hasta la suite que ocupaba la mitad del piso superior. El chico señaló hacia la playa de arena blanca, el mar, la televisión de plasma, los candelabros Waterford y los cuadros de Gauguin de las paredes.

Lo único que le importaba a Grace era que se pudiera acceder a su baño sólo a través de la habitación y que hubiera pestillo en la puerta del dormitorio.

La cerró en cuanto el mozo se hubo marchado y durante dos días sólo la abrió cuando estaba lista para salir de la suite. Ignoró las sugerencias de Lipton para que se tomara una copa con ella. Para que cenaran juntos. Para cualquier cosa que implicara quedarse a solas. Él no hizo ningún comentario, pero la tensión entre ellos se hizo palpable, y Grace tenía la sensación de que no iba permitir que las cosas siguieran así por mucho más tiempo.

Pero ella no pensaba darle ninguna opción. Tendría que admitir la derrota. Grace soltó un bufido impropio de una dama. Los hombres poderosos, los que se creían dueños del mundo, nunca admitían la derrota. ¿Cómo era posible que se hubiera visto atrapada en una situación así? Ya había pasado antes por una situación parecida.

La gran oportunidad profesional. El jefe que parecía frío y reservado, pero que empezaba a desatarse tras algunos encuentros después de largas reuniones que parecían profesionales. Y entonces... entonces...

–Mentirosa –susurró dejándose caer en un extremo de la cama–. Mentirosa y mentirosa.

Grace suspiró estremeciéndose. Aquello no era en absoluto igual. Nunca había deseado sentir la boca de Lipton sobre la suya, ni sus manos en los senos, ni su cuerpo duro contra el suyo. Nunca había tenido esa clase de sueños que ni siquiera sabía que pudiera tener una mujer hasta que conoció a aquel hombre excitante y guapo. Hasta que entró a trabajar para Salim al Taj y rompió todas las normas en las que creía al caer en sus brazos, en su cama, al convertirse en su amante.

Pero, ¿por qué pensar en eso ahora? Habían pasado los meses. Su aventura terminó tal cual había empezado, de una forma tan repentina que todavía la sobresaltaba. No es que a ella le importara. Al menos había salvado el orgullo. Salim había tratado de arrebatárselo, pero Grace lo había impedido dejándole antes de que pudiera hacerlo él.

–¿Grace? –el toque de la puerta era áspero e imperioso, igual que la voz de Lipton–. Tenemos una reunión a las ocho –el picaporte se movió–. ¡Estoy cansado de esta tontería! ¡No hay razón para que esta puerta esté cerrada con llave!

Había razones de sobra, igual que para dejar aquel trabajo en cuanto regresaran a Estados Unidos.

Encontraría otra cosa, aunque tuviera que servir mesas o trabajar de dependienta.

—¡Maldita sea, Grace, sal ahora mismo de esa habitación!

Grace se atusó la falda del vestido de seda verde claro que se había puesto, recogió su bolso y abrió la puerta. Su jefe tenía una expresión seria, pero le brillaron los ojos cuando le recorrió el cuerpo con la mirada. Un escalofrío de terror se apoderó de ella.

Algo iba a ocurrir aquella noche. Podía sentirlo. Pero no lo que Lipton planeaba. Pasara lo que pasara, Grace no lo permitiría.

La reunión consistió en tomar unas copas en el exuberante jardín de hotel con unos cuantos asistentes a la conferencia. Charlas banales y algunas risas salpicadas con conversaciones sobre las reuniones a las que habían asistido durante el día.

Pero Lipton hizo algo más. Se mantuvo lo más cerca posible de ella, rozando su cuerpo con el suyo, colocándole la mano en la parte inferior de la espalda. Hablaba de «nosotros» y utilizaba el nombre de Grace de una forma que sólo podía expresar intimidad.

Y la gente se daba cuenta. Grace percibió las miradas de frío examen de los hombres y el modo en que las mujeres entornaban los ojos. Aquello la entristeció. No era una de esas personas que actuaban de modo inteligente cuando estaban disgustados. Lo había demostrado en Nueva York, cuando salió corriendo en lugar de enfrentarse a su amante al darse cuenta de que se había cansado de ella, de que estaba a punto de echarla del trabajo y de su vida sin previo aviso.

—Aquí estás —dijo Lipton, agarrándole el brazo.

Sonreía. Su tacto y su sonrisa hablaban por sí solos. Grace podía oler el whisky de su aliento–. Grace, eres una chica mala. Te has olvidado de recordarme la presentación que tengo que hacer por la mañana.

–Se lo he recordado –respondió ella con calma–. Dos veces.

–Dos veces –Lipton sonrió al pequeño grupo que se había formado a su alrededor–. Me lo ha recordado dos veces –le subió la mano hacia la nuca y se la acarició–. ¿Quién iba a pensar que a una joven con este aspecto le preocuparía la agenda de su jefe?

Silencio, una risa avergonzada y un par de sonrisas burlonas recibieron sus palabras.

–Suélteme –dijo Grace con voz pausada.

–Vamos, cariño, no seas tonta. Aquí todos somos amigos.

–Señor Lipton, le he dicho que…

–Te he oído, cielo. Ahora escúchame tú a mí. Creo que vamos a tener que saltarnos la cena con estas personas tan amables, volver a nuestra suite y trabajar en esa presentación –se rió–. Entre otras cosas.

Grace trató de apartarse de él. Lipton le sujetó la nuca con más fuerza.

Uno de los hombres se aclaró la garganta.

–Lipton, yo creo que…

–¿Qué es lo que crees tú? –le retó Lipton.

El hombre miró de reojo a Grace y luego apartó la vista.

–Nada –dijo finalmente.

La gente del grupo comenzó a dispersarse hasta que finalmente Grace y su jefe se quedaron a solas.

–Vamos –dijo. Todo su falso encanto había desaparecido.

–Maldito sea –murmuró ella–. Apártese de mí. Si no lo hace…

–¿Si no lo hago, qué? –Lipton le dirigió una sonrisa de tiburón–. ¿Qué vas a hacer, Grace? ¿Pedir ayuda? ¿Hacer el ridículo delante de todo el mundo? ¿Perder tu trabajo no sólo conmigo, sino en cualquier lugar relacionado con las finanzas? Vamos, cariño, dime qué es lo que harás exactamente si no te suelto.

–Ella no tendrá que hacer nada –aseguró una voz masculina–. Yo lo haré por ella, Lipton, y cuando haya terminado, tendrás suerte si los médicos consiguen recomponerte.

La mano de Lipton cayó como si fuera de piedra. Grace no se movió. El corazón le latía con fuerza. Conocía aquella voz. Grave. Masculina. Imperativa y, en aquel momento, llena de ira. Oh, sí, conocía aquella voz. Y al hombre al que pertenecía. Se giró lentamente para mirarlo. Alto, de cabello oscuro, ancho de hombros. Con los ojos más azules que había visto en su vida, la nariz recta, la boca firme… lo conocía muy bien.

Aquél era el hombre que le había roto el corazón.

El príncipe coronado de Senahdar.

El hombre al que odiaba.

Capítulo 3

GRACE lo estaba mirando como si fuera una aparición. Salim no podía culparla por ello.

Le había robado una fortuna, había salido huyendo y había escogido un nuevo apellido para borrar su pista. Lo último que esperaría sería que un fantasma de su pasado se le apareciera en Bali. Era maravilloso ver su conmoción, aunque Salim hubiera querido un encuentro más privado. Quería haberse acercado a ella cuando estuviera sola. Vulnerable. Por la noche, en su habitación. Tenía pensado sobornar a una doncella para que le dejara pasar mientras Grace cenaba y esperarla allí.

Se había entretenido durante el largo vuelo imaginando cómo se desarrollaría la escena. Ella gritaría al entrar y encontrárselo en la oscuridad. Salim encendería la luz para ver la conmoción en sus ojos. Y entonces…

¿Entonces qué? ¿Qué harían cuando estuvieran a solas en su habitación, Grace aterrorizada y él triunfante? Se había pasado horas pensando en ello. Se imaginó dirigiéndose hacia ella, diciéndole que se la iba a llevar a los Estados Unidos para que se enfrentara a una acusación de desfalco, y…

–¿Quién te crees que eres?

La voz de Lipton resultaba exigente. Salim se había olvidado de él durante un instante. Conocía la reputación de aquel hombre, un banquero de renombre y un seductor sin escrúpulos. Resultaba interesante que Lipton y Grace se hubieran encontrado. ¿Quién habría seducido a quién?

—Te he hecho una pregunta —dijo Lipton con supuesta autoridad—. ¿Quién eres y cómo te atreves a meterte en una conversación privada?

—No —dijo Grace con voz temblorosa. Puso la mano en el brazo de Lipton—. Señor Lipton…

—Señor Lipton —Salim sonrió—. ¿A eso juegas ahora? ¿Esta vez te haces la inocente, Grace? ¿He interrumpido una escena de seducción en lugar de salvarte de un depredador?

—¿Cómo me has llamado? —le espetó Lipton.

—Salim, por favor…

El jefe de Grace se giró hacia ella.

—¿Conoces a este hombre?

—Demasiadas preguntas —dijo Salim con frialdad clavando los ojos en los de su adversario—. Vamos a responderlas de una en una. ¿Qué estoy haciendo aquí? Ésa es fácil. Asuntos de negocios. ¿Me conoce tu encantadora compañera? Me conoce muy bien. Íntimamente, diría yo.

Grace sintió cómo se sonrojaba.

—En cuanto a lo que te he llamado… he dicho que eres un depredador, Lipton, lo que resulta interesante porque la dama que has escogido es igual que tú. En cuanto a mí —Salim sonrió—. Me llamo Salim al Taj.

Ningún título. Ni jeque ni príncipe. No era necesario y su antiguo amante lo sabía. Grace observó cómo palidecía el arrogante rostro de Lipton. Un instante antes, había hablado con desprecio. Y ahora estaba aterrorizado.

—¿Te refieres… te refieres al presidente de Inversiones Alhandra? ¿Al jeque? ¿Al príncipe de Senahdar?

–Veo que has oído hablar de mí –dijo Salim con acidez.

–Su Majestad –Lipton tragó saliva–. Alteza. Señor… Le ruego que me perdone. No tenía ni idea de que esta dama y usted… que la dama era… si lo hubiera sabido…

–No hay nada que saber –intervino Grace desesperada–. Quiero decir, yo no… el jeque y yo no…

Alzó la vista para mirar a Salim. Sus ojos azules estaban fríos, su sonrisa resultaba heladora. Pero, ¿qué opciones tenía?

–Salim y yo –le dijo a Lipton–. Salim y yo…

Él le rodeó la cintura con el brazo.

–Hemos tenido una peleílla de enamorados –aseguró quitándole importancia y mirando a Grace a los ojos–. ¿Verdad, *habiba*? ¿O no es así? O tal vez prefieras que me vaya.

Antes se hubiera derretido al escuchar aquella palabra cariñosa. Pero el tono que estaba utilizando ahora hacía que pareciera una obscenidad.

–Vamos, cariño –dijo Salim con dulzura–. Toma una decisión. Y que sea rápido.

Una decisión, pensó Grace conteniendo una risa histérica. ¿Echar a Salim y quedarse atrapada con Lipton? Tenía muy claro lo que buscaba su jefe.

Y también lo que buscaba Salim. Venganza.

Un hombre como él no llevaría bien que le humillaran. Estaba furioso porque lo había dejado sin una palabra de explicación. Y lo que era peor, lo había hecho antes de que él pudiera dejarla a ella.

La estrechó con más fuerza contra sí.

–¿Y bien? ¿Vienes conmigo o te dejo aquí?

Sonaba como un hombre que no estaba acostumbrado al rechazo. La lógica le hizo ver a Grace que sólo tenía una salida. Si dejaba que Lipton viera cómo se iba con Salim, no tendría que temer lo que pudiera pasar después cuando estuvieran a solas. Grace aspiró con fuerza el aire.

–Invítame a una copa –dijo sonriendo como si lo que Salim había dicho de ellos fuera verdad–. Y hablaremos de los viejos tiempos.

Él la apartó de las luces del hotel para llevarla por un sendero de conchas que llevaba a la playa. No esperaba que Grace tomara una decisión tan rápidamente. Tal vez la escena con la que se había encontrado fuera lo que de verdad parecía: un cerdo aprovechándose de una joven que no quería nada con él. Ningún hombre debería tratar a una mujer de esa manera, a ninguna mujer, aunque fuera una mentirosa y una tramposa como Grace.

El deseo de darle un puñetazo a Lipton en el estómago había salido de un instinto menos sofisticado.

«Es mía», pensó cuando vio a otro hombre poniéndole las manos encima a Grace. Reaccionó como lo habría hecho cualquier hombre al ver a la mujer que una vez llamó suya con otro. Aquel disparo de testosterona masculina era algo que no se podía controlar. La verdad era que a él le daba lo mismo a quién sedujera o con quién se acostara. Lo único que le interesaba era sacarla de aquella isla y llevarla a los Estados Unidos.

La única duda era cuál sería la mejor forma de hacerlo. Estaba dispuesto a utilizar la fuerza en caso necesario, pero sólo como último recurso. No sabía nada respecto al acuerdo de extradición entre Bali y los Estados Unidos. Probablemente había sido una estupidez no dejar que Taggart lo investigara.

–Salim, suéltame –dijo Grace, tratando de quitarse el brazo de la cintura.

–No protestes y da gracias de que no le haya contado a tu futuro amante la verdad sobre ti –gruñó él.

–¡No es mi futuro amante, y con lo que tú sabes sobre verdades sólo se podría llenar un dedal!

Salim la giró con tanta brusquedad, que Grace se tambaleó sobre sus afilados tacones. Él la sujetó por los hombros. ¿Para equilibrarla? ¿Para dejar escapar algo de su rabia? No importaba. Lo que importaba era el modo en el que la luz de la luna despertaba un brillo de marfil sobre su piel, el modo en que le relucían los ojos y le temblaban los labios. Había esperado encontrarla… ¿Cómo? ¿Con aspecto de la criminal que era? ¿Pálida, desesperada? Pero estaba igual que siempre. Bella. Elegante.

Lo que le había hecho no había significado nada para ella. Si acaso, estaba más bella que nunca.

–¿Por qué me miras así?

Salim soltó una carcajada.

–¿Así cómo, *habiba*? ¿Cómo se supone que debe mirar alguien a una fugitiva?

¡Oh, la expresión de su rostro no tenía precio! Estaba horrorizada, asombrada. Pero entonces… ¿Acaso era aquello una sonrisa? ¿Se estaba riendo de él? ¿Cómo se atrevía?

Salim la apretó el brazo con tanta fuerza que prácticamente la levantó del suelo.

–¿De qué te ríes?

–¡Me estás haciendo daño!

–Responde a la pregunta. ¿Qué es lo que te parece tan divertido?

–Tú –le espetó Grace–. Tú y ese ego tuyo tan descomunal.

–¿Quieres que hablemos de egos, *habiba*? ¿Qué me dices del tuyo? ¿De verdad creías que ocultarías tan bien tu rastro que no daría contigo?

–¡Yo no he ocultado nada!

–¿De veras? ¿Y desde cuando te llamas Grace Hunter?

–Desde que descubrí que no quería me encontraras. Aunque no pensé que siquiera lo intentarías. ¿Qué diablos te iba a importar a ti que yo pusiera fin a nuestra relación? –Grace echó hacia atrás la cabeza, un gesto de desafío que Salim recordaba demasiado bien–. Sencillamente, no te gustó que yo fuera la primera en dar el paso.

Eso no le había gustado ni un pelo. Pero no era la razón por la que la había buscado. Tenía diez millones de razones para encontrarla, y ninguna de ellas tenía que ver con lo que ella calificaba como «una relación».

–Te olvidas de algo, ¿verdad, querida? –dijo Salim con tono suave.

–En absoluto –ella alzó la barbilla–. Nuestra aventura se acabó. Yo lo sabía y tú también. ¿De qué me estoy olvidando?

Salim apretó los labios. Tendría que haber previsto que reaccionaría así. Grace no era estúpida. De ninguna manera iba a admitir el desfalco.

–Se te olvida la parte en la que te encuentro y te llevo de regreso a Nueva York.

Ella abrió los ojos de par en par.

–¿Para eso has venido?

–¿Creías que mi intención era aburrirme con esa conferencia?

–Pero… ¿Por qué quieres llevarme a Nueva York?

–Muy bien, Grace, sigue jugando –Salim la atrajo hacia sí. Ella se resistió, pero era demasiado alto, demasiado fuerte, demasiado poderoso–. Pero no te servirá de nada. ¿Cuántas veces crees que puedes engañar al mismo hombre?

–¿De qué estás hablando? ¿Por qué crees que voy a acceder a volver contigo a Nueva York?

–¿Quién ha dicho que tengas que acceder? –su voz resultaba amenazante–. Vendrás conmigo y te enfrentarás a las consecuencias de tus actos porque yo lo exijo, *habiba*.

Ella se lo quedó mirando como si Salim hubiera perdido la cabeza.

Tal vez fuera así. Al tenerla sujeta tan cerca, le habían vuelto demasiados recuerdos. El cuerpo de Grace entre sus brazos. La suavidad de sus senos contra su pecho. El delicado balanceo de sus caderas. Recordaba incluso aquella mezcla a flores y a Grace que era tan suya, un aroma que le devolvía imágenes de ella moviéndose debajo con la piel ardiendo de pasión mientras él le cubría los senos y se metía en la boca aquellos pezones rosa pálido...

–No –susurró Grace, y él se dio cuenta de que se había puesto duro como una roca y que estaba apretando su erección contra su vientre–. No –repitió Grace, y Salim le sujetó el rostro con una mano.

–¿No qué, *habiba*? –le dijo con sequedad. Entonces dejó de pensar, inclinó la cabeza y la besó en la boca.

En cuestión de segundos, Grace volvía a ser suya. Sus labios se abrieron bajo los de Salim. Alzó las manos y le agarró las solapas de la chaqueta. Él gimió. Le sujetó la falda y se la subió por los muslos. Grace murmuró algo, se acercó más, gimió cuando le deslizó las manos entre los muslos cubriéndola y sintiendo la dulce humedad de su excitación. Era suya. Suya, suya...

¿Qué diablos estaba haciendo?

Salim maldijo entre dientes, agarró a Grace de los hombros y la apartó de sí. Ella se tambaleó y alzó sus oscuras pestañas. Tenía los ojos nublados por el deseo, pero Salim no quería dejarse engañar. Él era el que se había visto atrapado por el deseo, y ella la que ideó el plan.

–Maldita seas –dijo en un susurro ahogado–. ¿De verdad creías que volvería a funcionar?

Grace se lo quedó mirando y sacudió la cabeza como si quisiera entender. Oh, qué gran actriz.

–¿Qué has dicho?

–Ya me has oído. No funcionará, *habiba*. Yo ya no juego.

A Grace le temblaron los labios. Parecía desolada. Salim luchó contra el estúpido deseo de volver a estrecharla entre sus brazos. Un segundo más tarde, Grace había recuperado su fría compostura. La joven vulnerable había sido reemplazada por la mujer de verdad.

–Yo también estoy fuera del juego, jeque Salim. Has venido hasta aquí para nada. No voy a volver a Nueva York, y no pienso prolongar esta conversación.

Se giró sobre los talones y se marchó. Salim esperó unos instantes y luego la llamó.

–Grace.

Ella no se detuvo. Salim alzó la voz.

–No tienes elección, *habiba*. Aquí has terminado.

Grace se detuvo sobre sus pasos y se giró para mirarlo.

–Vaya, mira qué cara de asombro –dijo Salim con voz suave–. ¿Qué esperabas, querida? ¿Acaso le prometiste a Lipton más de lo que pensabas darle? ¿De eso iba la escena que he presenciado?

–¿Cómo te atreves a decirme una cosa así?

–A mí me da lo mismo –aseguró acercándose a ella y levantándole la cara con un dedo–. El caso es que no tendré que levantar un dedo para que te subas a mi avión y salgamos ahora mismo de esta isla. Estás metida en un lío, Grace. Va a buscar la revancha, o bien utilizando su influencia en tu contra o bien –Salim bajó el rostro para ponerlo a su altura–, o bien esperándote en el hotel. Se te echará encima en cuanto te pille a solas.

Grace se quedó muy quieta.

–No, no va a hacer nada. Te tiene miedo.

–Le he humillado. Ahí está la diferencia. Querrá vengarse, y si vuelves donde está él, pensará que tú y yo hemos terminado. Entonces él entrará en juego.

–Eres despreciable –susurró Grace con voz temblorosa.

–Soy sincero, *habiba*. Conozco a los hombres. Utiliza la cabeza –dijo Salim subiendo el tono–. ¿De verdad crees que va a fingir que esto no ha ocurrido?

A ella se le llenaron los ojos de lágrimas; una le resbaló por la mejilla. Salim luchó contra el deseo de abrazarla y consolarla. Pero eso sería una estupidez. Grace era una actriz, y él lo sabía mejor que nadie.

–No me tendrá –dijo con firmeza–. Voy a volver al hotel, no con él.

–Es lo mismo. Compartís habitación.

–Compartimos suite –se apresuró a decir Grace–. Una suite de la empresa. Yo no lo sabía hasta…

Grace apretó los labios. ¿Por qué le estaba dando explicaciones a Salim? ¿Por qué permitía que viera su miedo?

–Suéltame –dijo con frialdad.

Salim vaciló, pero finalmente dejó caer la mano.

–Bien jugado –Grace sonrió–. Habías logrado que me asustara. Lo siento, pero no funcionará. Lipton es un cerdo, pero no hay mujer sobre la tierra que no sepa cómo manejar a un cerdo.

–Siempre tan segura de ti misma, *habiba*. Sin embargo, puede que esta vez estés cometiendo un error. Por si acaso…

Salim sacó una llave de tarjeta del bolsillo de y la lanzó. Grace la agarró en acto reflejo.

–Estoy alojado en una de las villas de la playa. Número 916.

–No iría ni aunque se congelara el infierno.

No se le ocurrió una frase mejor. Grace levantó la cabeza y se dio la vuelta para dirigirse hacia el jardín. ¿La estaría mirando Salim? Deseaba mirar de reojo para comprobarlo, pero no le daría semejante satisfacción a ese malnacido sin corazón.

Siempre había sabido cómo era, pero se había negado a reconocerlo. Se decía que su arrogancia se debía a la seguridad en sí mismo. Pero no. Sólo un arrogante con un ego descomunal sería capaz de atravesar el mundo para demostrar que una mujer no podía dejarlo hasta que él quisiera que así fuera.

Grace aminoró el ritmo al entrar en el jardín. ¿Por qué había permitido que la besara? ¿Y por qué lo había besado ella a su vez? ¿Por qué su loco corazón había deseado durante un instante que hubiera venido a buscarla porque la necesitaba?

Era una estupidez pensarlo siquiera. Salim no necesitaba a nadie. De lo único que entendía era de deseo. De cómo tocar a una mujer para que la parte más íntima de ella muriera por ser poseída. Sabía cómo hacerle suplicar. Y sabía cómo responder. Grace no quería recordarlo, pero no podía evitarlo.

Recordaba su cuerpo duro y musculoso apretado contra el suyo. Su estremecimiento de placer cuando ella lo acariciaba, su suave gemido cuando utilizaba la lengua y los labios para darle placer. El maravilloso momento en que le abría las piernas y se deslizaba profundamente en su interior.

Y sin embargo, a veces tenía la impresión de que Salim estaba allí sólo físicamente, no emocionalmente, que mantenía una parte de sí mismo cerrada con llave.

–Aquí estás.

Grace dio un respingo cuando Lipton surgió de entre las sombras. La agarró de la muñeca

–¿Qué ha pasado, Grace? –preguntó, clavándole los dedos–. ¿No ha salido bien la reconciliación?

A Grace se le aceleró el corazón. Era difícil fingir que no estaba asustada, pero sabía que era eso lo que tenía que hacer.

–Suélteme –dijo con voz pausada.

–¿O acaso el poderoso jeque sólo quería uno rapidito en la playa? Ya descubrirás que yo no soy así. Me gusta que el placer se prolongue durante horas, Grace. Algunas mujeres lo encuentran excesivo, pero estoy seguro de que tú no serás una de ellas.

–Métase esto en la cabeza –susurró–, no voy a dormir con usted.

–Espero que no. Dormir no es precisamente lo que tengo en mente.

Grace utilizó el único as que tenía en la manga. No quería hacerlo, hacer uso del nombre de Salim la hacía sentirse impotente, pero no veía otra salida.

–El jeque lo matará si me toca.

–Ha terminado contigo, Grace –sonrió Lipton–. No veo el problema por ningún lado.

Le deslizó los dedos por el antebrazo, ella sintió cómo se los clavaba y contuvo un gemido.

–Si tu ex fuera una amenaza –continuó Lipton con su aliento cargado de whisky–, se habría quedado a pasar la noche contigo en lugar de dejarte sola

–le clavó con más fuerza los dedos en la piel–. Voy a tomarme otra copa con mis amigos mientras tú vas a mi habitación y te preparas para mí. Tardaré media hora, no más, y cuando abra la puerta más te vale que hagas que valga la pena el viaje que he pagado y la humillación que he sufrido hace un rato.

–¡No! Nunca me tocará. Nunca…

Lipton le puso la mano a la espalda. Grace se tambaleó. Él la atrajo hacia sí y Grace recordó el consejo de su profesor de judo del colegio.

La rodilla de una mujer puede ser un arma excelente.

Se movió deprisa. Lipton gritó y cayó hacia atrás. Grace se dio la vuelta y salió corriendo.

Capítulo 4

A SALIM le habían dicho que las villas del hotel eran espaciosas y bonitas.

Tal vez, pero él hizo caso omiso de los detalles. Un hombre a punto de atrapar a una ladrona no le prestaba atención a la estética.

Ahora, mientras recorría arriba y abajo el suelo de su villa, sólo pensaba en una cosa: ¿Donde estaba Grace? ¿Por qué la habría dejado regresar al hotel con Lipton? En su momento le había parecido lo más lógico dejar que se enfrentara al peligro si quería. Era una ladrona, no una estúpida.

Sabía que la habían pillado. Sus días de libertad habían terminado. ¿Por qué pasar por una extradición, si es que había acuerdo entre Indonesia y Estados Unidos? Aunque no lo hubiera, todo el mundo sabría lo que había hecho. Los medios de comunicación saltarían sobre la historia. Grace tenía que darse cuenta de que no tenía sentido luchar contra lo inevitable.

En cuanto a ponerse en manos de Lipton… No. Ella no haría eso. Salim ya había decidido que le había dicho la verdad, que no estaba intentando atrapar al banquero.

Entonces era lógico que le diera espacio para que recuperara el sentido común. Completamente lógico, excepto por una cosa… ¿Dónde estaba ahora?

–Ya es suficiente –dijo Salim en voz alta, rompiendo el silencio de la villa.

Estaba preocupándose en balde. ¿Y qué si las cosas no estaban saliendo como él imaginaba? Daba lo mismo que Grace acudiera a él o que tuviera que ir a buscarla por la mañana. No iba a ir a ninguna parte. No había forma de salir de aquella zona de Bali, excepto en avión privado o en barco, y Salim se había asegurado, gracias a una buena cantidad de euros, de que los hombres del puerto y del aeropuerto lo telefonearan si la veían aparecer.

Pero todo sería más sencillo si ella apareciera. Salim había llamado a su piloto para que estuviera preparado. No había necesidad de sacar a Grace del hotel montando una escena. Si ella venía por su propio pie, habría menos complicaciones. Salim detuvo sus pasos.

¿Y qué pasaba con la verdad? ¿Qué pasaba con el convencimiento que tenía de que si Grace hacía las cosas como él quería, resultaría humillante para ella? Aunque no podía imaginarla humillada. Era demasiado orgullosa para eso. Pero sabría cómo someterla.

La estrecharía entre sus brazos y le cubriría la boca con la suya. Grace se defendería, tal vez tratara incluso de morderle, pero al final dejaría de luchar y se fundiría en sus besos como había sucedido hacía un rato.

Dios mío, qué beso.

Su boca suave. Sus gemidos. Sus suspiros. Tan familiares y sin embargo siempre le excitaban.

¿O habría fingido la respuesta? ¿Habría fingido también cuando era su amante? Salim no era un inepto, sabía cuándo una mujer fingía el placer, pero, ¿podía Grace fingir el modo en que los pezones se le ponían duros bajo los dedos? ¿Podía fingir la cálida humedad que siempre se encontraba cuando ponía la mano o la boca entre sus muslos?

¿Qué diablos estaba haciendo? Pensar en aquello en ese momento era una estupidez. Además, estaba harto de preguntarse qué estaría pasando. ¿Por qué volverse loco si podía averiguarlo con facilidad?

Salim descolgó el teléfono y llamó a recepción.

–Son el jeque al Taj –dijo con brusquedad–. Estoy buscando a una de sus huéspedes. Grace Hud… Grace Hunter. ¿Usted la ha visto?

–No, señor, no la he visto.

–¿Y qué me dice de James Lipton? ¿Lo ha visto?

–Me parece que está en el jardín, señor.

Lipton estaba en el jardín. Grace tendría que pasar por ahí para llegar al hotel.

–¿Quiere que avise a la señorita Hunter o al señor Lipton, Alteza?

–No será necesario –dijo Salim colgando el teléfono.

No había nada de misterioso en el hecho de que Grace no estuviera en el hotel. Tal vez estuviera enfadada y hubiera decidido dar un paseo para calmarse. O tal vez había preferido probar suerte con su jefe. En cualquier caso, eso no cambiaba nada. Al día siguiente iría con él.

Grace era una mujer fuerte. Sabía cuidar de sí misma. A Salim eso le había parecido fascinante, lo dura que podía ser en el trabajo y lo suave que se volvía entre sus brazos… o en los brazos de Lipton.

¿Y si no cabía ninguna duda respecto a lo que había visto en el jardín? ¿Y si Grace luchaba contra un depredador? ¿Y si ese depredador se había quedado allí esperándola? Salim maldijo entre dientes. Sólo había una manera de averiguarlo.

Se dirigió hacia la puerta y salió a toda prisa por

el estrecho sendero que llevaba al hotel. No había mucha luz, pero cuando dobló la primera curva se topó con una figura envuelta en sombras. Era Grace. No podía verle la cara, pero después de todos aquellos meses reconocía su olor y su tacto.

Estaba llorando. Y temblando. Él la estrechó entre sus brazos y Grace hundió el rostro en su hombro. Salim podía sentir el corazón latiendo con fuerza contra el suyo y deseó decirle algo para consolarla, pero un torrente de furia iba creciendo en su interior, apartando de sí cualquier pensamiento racional. Mataría a Lipton por aquello.

Pero eso sería después. Ahora tenía que tranquilizar a Grace. Salim aspiró con fuerza el aire y se concentró en el momento. Dejó su rabia a un lado y murmuró unas palabras de consuelo mientras le acariciaba la espalda.

—Ya pasó, *habiba* —susurró—. Ahora estás a salvo. Cuéntame qué ha pasado.

Grace se estremeció.

—¿Ha sido Lipton? —le preguntó con voz amenazante.

Ella volvió a estremecerse. Era la única respuesta que Salim necesitaba. Su ira se acrecentó.

—¿Te ha… te ha hecho daño?

Grace negó con la cabeza.

—No… no tuvo oportunidad —se le quebró la voz—. Luché contra él y…

Salim le acarició los brazos y ella gimió en voz baja.

—Sí te ha hecho daño —dijo él apretando los dientes.

—En la muñeca. Y en el brazo. Me agarró con fuerza y… cuando traté de escapar, me lo dobló detrás y… y…

Salim la alzó en brazos y la llevó a la villa. Había dejado encendidas las luces del salón, y cuando entró por la puerta abierta vio que Lipton había hecho algo más.

Grace tenía una herida en la sien.

A Salim se le nubló la visión.

El mundo se volvió púrpura. Por primera vez en su vida, comprendió el significado de la expresión «una ira ciega». Aspiró con fuerza el aire para intentar recuperar el control. La llevó al gigantesco baño de mármol de la villa y la colocó con cuidado en una de las sillas que daban al jardín privado.

—Grace —dijo arrodillándose delante de ella y tomándole una mano—, necesitas un médico.

—Estoy… estoy bien.

No lo estaba. La herida de la sien, las marcas en la muñeca y el brazo…

—*Habiba*, el médico…

—¡No! —sus ojos suplicaban comprensión—. No quiero que nadie me vea así, Salim.

—De acuerdo —respondió él con suavidad—. Entonces prométeme que te vas a quedar quieta mientras voy a buscar una aspirina, ¿de acuerdo?

Grace asintió con la cabeza. Salim encontró un botiquín de primeros auxilios, sacó las aspirinas y sirvió agua en un vaso. Se agachó delante de ella. A Grace le temblaban los dedos cuando tomó las aspirinas de su mano. Salim le puso el vaso en los labios y ella bebió.

—Buena chica —la animó él con dulzura—. Quédate aquí sentada un ratito más, ¿de acuerdo?

Ella alzó los ojos.

—No…

—¿No qué?

«No te vayas», estuvo a punto de decirle Grace. Pero no lo hizo. ¿Cómo iba a contarle lo aterrorizada que había estado y que en lo único en lo que había podido pensar había sido en encontrarle y hundirse en la calidez de sus brazos?

–No te preocupes por mí –dijo forzando una risa–. Seguramente mi aspecto es peor de como me siento.

Salim se puso de pie.

–Voy a por la cubitera de hielo, ¿de acuerdo? Sólo voy al salón.

Regresó al instante y dejó el hielo en el lavabo. Luego envolvió unos cubitos en una toalla.

–Gira la cara hacia mí –le pidió antes de posarle con suavidad el hielo en la sien.

Grace dio un respingo, pero Salim se las arregló para lanzarle una sonrisa tranquilizadora. Cuando hubo terminado, se puso de cuclillas y le clavó los ojos en el rostro.

–¿Por qué volviste con Lipton? ¿Creías que iba a dejar pasar lo que había ocurrido antes?

–No volví con él. Quería recoger mis cosas para poder ir a recepción a pedir una habitación. La tenía reservada desde Nueva York, pero cuando nos registramos…

–¿Tenías reservada una habitación para ti sola?

Ella lo miró echando chispas por los ojos.

–¡Por supuesto! Intenté decírtelo en el jardín, pero no quisiste escucharme. ¿Crees que hubiera accedido a compartir con él una suite si hubiera tenido otra opción? ¿Qué clase de mujer crees que soy?

Era una pregunta excelente. El problema estaba en que Salim no sabía la respuesta. Era una ladrona. Se había acostado con él para poder robarle. ¿Podía creer algo de lo que ella dijera? Siguiendo un impulso, le apartó un rizo de la frente. Sintió su piel cálida y suave.

Nunca había olvidado la sedosidad de su piel. De su boca. Su salvaje y ardiente esencia. Nunca había tenido una amante como ella, ni la había tenido desde que…Pero, ¿qué tenía que ver eso?

–No deberías haber vuelto al hotel. Te advertí que no lo hicieras, pero tú…

–Ya te lo dije: quería recoger mis cosas. Pero me encontré con él en el jardín y… conseguí librarme de él dándole una patada donde más duele –aseguró sonriendo.

Salim también sonrió. No podía evitarlo. Así era Grace. Una mujer audaz en un envoltorio bonito. Una mujer fuerte, inteligente y sincera.

Aunque sincera ya no se podía decir que fuera.

A Salim se le borró la sonrisa. Se colocó detrás de ella, sacó de la percha un albornoz de felpa gruesa y se lo lanzó.

–Date un baño caliente –gruñó Salim–. Borra el recuerdo de las manos de Lipton y luego pide una botella de brandy. Yo vendré para cuando te hayas servido el primer vaso.

–Pero, ¿adónde vas? –Grace le puso la mano en el brazo. Su contacto le ardió como el fuego–. No te acerques a él, Salim. Es una mala persona. Quién sabe lo que sería capaz de hacerte.

–Vaya, *habiba*, estoy conmovido. Te preocupa mi bienestar.

Grace apartó la mano.

–En absoluto –aseguró con frialdad–. Lo que no quiero es que te haga daño y no puedas llevarme de regreso a California.

–Nueva York –dijo Salim, conteniendo un ataque de euforia.

–California –repitió ella.

Su expresión fue tan desafiante, que sintió deseos de zarandearla. O de besarla. O de…

Salim se dio la vuelta y salió por la puerta.

Grace no pensaba hacer ninguna de las cosas que le había sugerido. O más bien ordenado. Se quedaría en el salón y esperaría a que regresara. Qué mala suerte haber tenido que ir en busca de su protección. Pero si Salim creía que podía darle órdenes como había hecho en el pasado…

Oh, demonios. Le dolía todo. El brazo, la muñeca, la cabeza… y se sentía sucia. Todavía podía sentir los dedos de Lipton en el cuerpo.

Se puso de pie y entró en el cuarto de baño, cerró la puerta y abrió los grifos de la bañera. Luego escogió un frasquito de aceite de rosas y vertió su contenido en el agua. Luego se quitó la ropa y entró en la bañera. Si tenía que salir huyendo, contaba con el albornoz. Tras un rato de relax, se puso de pie y el agua resbaló por su cuerpo. Salió de la bañera, agarró un botecito de champú y se metió en la ducha. Se lavó la cabeza y dejó que el agua cayera hasta que tuvo la piel rosa. Entonces se puso el albornoz, que le cubría de la cabeza a los pies, y abrió la puerta.

Salim estaba de pie en el dormitorio. Tenía el pelo revuelto y le había desaparecido la corbata. En la camisa había manchas de sangre y tenía un corte pequeño al lado de la boca. A Grace le latió el corazón con fuerza hasta que se dio cuenta de que estaba sonriendo. Eso y un poco de cordura impidieron que cruzara corriendo la habitación hacia él.

–Parece que acabas de enfrentarte a un gorila en combate –dijo con calma.

Salim sonrió y dio un respingo. Se tocó el corte con la yema de un dedo.

–Más bien ha sido contra un cerdo

–¿Qué has hecho, Salim? –preguntó Grace abriendo mucho los ojos–. Te dije que…

–Tu maleta está encima de la cama –otra sonrisa–. Dudo mucho que apruebes el modo en que he metido tu ropa.

–¿Y Lipton?

–Todavía respira, pero le he arreglado esa aristocrática nariz suya –a Salim se le borró la sonrisa–. Ahora se lo pensará dos veces antes de volver a acosar a una mujer.

Grace sabía que no se trataba de una reacción civilizada, pero saber que había golpeado al hombre que le había hecho daño a ella la llenaba de orgullo.

–Gracias por traer mis cosas. Y por... hacer todo esto por mí.

Salim la miró muy despacio. Tenía la piel brillante. El cabello le caía por los hombros en mechones húmedos y largos. Recordó haberla visto así más veces, después de haberse pasado horas haciendo el amor.

Deseaba estrecharla entre sus brazos. Deseaba darle la espalda, marcharse, y no volver a ver su rostro traicionero nunca más.

–Lo he hecho por mí –aseguró con frialdad–. Una vez fuiste mía. Nadie trata algo mío como lo ha hecho Lipton.

Salim percibió el cambio en sus ojos, aquel brillo que podría deberse a las lágrimas, el temblor de la boca, pero tal vez lo había imaginado todo, porque ahora Grace tenía la cabeza alta y lo miraba con desprecio.

–Es agradable comprobar que sigues pensando igual que siempre –aseguró con la misma frialdad que él. Luego señaló la maleta con la cabeza–. Dame cinco minutos para vestirme y estaré lista.

–¿Para qué? –la boca de Salim se curvó en una sonrisa de lobo–. Si quieres premiarme con una recompensa, *habiba*, puedes quedarte como estás.

–Lo que yo quiero es volver a San Francisco –aseguró Grace muy seria.

–Querrás decir a Nueva York.

–¿Acaso las cosas no han salido ya como deseabas? Viniste a buscarme. Te has encarado conmigo. Ya he captado el mensaje. Las mujeres no te dejan.

–Si quieres puedes decirte a ti misma que ésa es la cuestión, pero los dos sabemos por qué he venido en tu busca… y por qué voy a llevarte a Nueva York.

Grace abrió la boca pero no dijo nada. ¿Por qué discutir en aquel momento de ese asunto? Tenían un océano que cruzar. Ya habría tiempo de sobra para hablar del tema.

–Tú sólo sácame de aquí, ¿de acuerdo?

–Nos marcharemos en cuanto amanezca –aseguró Salim.

–Nos marchamos ahora.

Salim se la quedó mirando y luego soltó una carcajada.

–Hay algo que tienes que entender, *habiba*. Soy yo quien dicta las normas, no tú.

–Quiero salir de este sitio lo antes posible. ¿Puedes entenderlo, o eres demasiado denso como para ponerte en el lugar de otro ser humano?

¿Era así como Grace lo veía? Aunque no le importaba. Que pensara lo que quisiera. Y sin embargo, tal vez fuera más inteligente salir aquella noche. Así ella no tendría tiempo de cambiar de opinión.

–Vístete –le dijo con sequedad–. Yo, mientras, me daré una ducha. Saldremos dentro de una hora.

Grace le hubiera dado las gracias, pero Salim había sacado el móvil y estaba ladrando órdenes mientras se desvestía. Lo primero que se quitó fue la camisa, dejando al descubierto sus anchos hombros, el pecho ligeramente cubierto de vello y los abdominales bien definidos que ella recordaba demasiado bien. Luego se llevó la mano a los pantalones y desabrochó el botón que había encima de la cremallera. Grace escuchó el ruido de la cremallera y alzó la vista.

Salim ya no estaba hablando por teléfono. Tenía los ojos clavados en ella, tan oscuros y ardientes como la noche que rodeaba la villa.

Grace agarró su maleta y se retiró a la salita de espera con toda la dignidad que era capaz de reunir una mujer vestida con un albornoz varias tallas más grande que la que ella usaba.

Capítulo 5

SALIM alzó la vista de su BlackBerry.
Llevaban una hora de vuelo y Grace no había pronunciado todavía ni una palabra. Había tomado asiento en cuanto subieron a bordo. Cruzó las manos sobre el regazo, giró la cabeza hacia la ventanilla y así se quedó.

El silencio de Grace era una manera de decir que la dejara en paz, y también que le despreciaba.

Podía odiarle todo lo que quisiera, pensó Salim, pero eso no significaba nada para él. Había que sentir algún tipo de emoción para que le importara que esa mujer lo odiara, pero lo único que Salim sentía por Grace era desprecio.

¿Y por qué iba a querer ella hablarle? No tenían absolutamente nada que decirse. Salim no quería escuchar nada que no fuera su admisión de culpabilidad, y a esas alturas, ya sabía que no iba a admitirlo. Grace iba a seguir fingiendo que no sabía por qué había ido a buscarla.

Qué estupidez. ¿Acaso creía que había nacido ayer? Salim sabía lo que había hecho. Y ella también. Lo primero que había hecho al subirse al avión fue abrir la BlackBerry y enviar un correo electrónico al agente del FBI que estaba a cargo del caso.

Grace Hudson está en mi poder. Confío en que

adoptará las medidas necesarias para cuando mi avión aterrice en el aeropuerto de Nueva York.

Había añadido la hora aproximada de llegada asegurando que volvería a conectar con el agente para confirmarla. Quería que los estuviera esperando con unas esposas cuando llegaran.

Salim consultó su reloj. Todavía faltaba mucho. Era medianoche y estaban en algún punto del Pacífico en el arranque de un vuelo que duraría más de veinticuatro horas, contando con la parada técnica de Tokio para repostar.

Salim no veía la hora de llegar a Nueva York para cerrar la puerta a un capítulo de su vida muy desagradable y poder continuar con su vida. Lo que su antigua amante le había hecho le había cambiado la existencia de arriba abajo. Había tenido que convivir con ello durante meses: El desconcierto inicial, luego el shock y después la creciente furia.

Pero todo había terminado. Había atrapado a la ladrona.

Salim volvió a mirar a Grace. Seguía sin moverse. Ni un centímetro. ¿Estaría pensando en lo mismo que él? ¿En los años que la esperaban por delante en la cárcel? Los muros altos y los barrotes de hierro serían su mundo.

Le resultaba difícil imaginarla en aquel escenario.

¿Y a él qué más le daba, maldita fuera? Lo que le ocurriera a Grace no era asunto suyo. Ella solita se lo había buscado. Salim hizo un esfuerzo por volver a concentrarse en su BlackBerry. Revisó los últimos datos de las Bolsas internacionales y contestó algunos correos.

Transcurrió una hora más. Apareció un auxiliar de vuelo empujando un carrito con café, fruta, queso y galletas.

–¿Les sirvo algo a usted y a la dama, señor, o prefiere que deje el carro aquí?

–Déjalo aquí –respondió Salim con sequedad. El silencio de Grace había contribuido a ponerle de malhumor, por mucho que se repitiera a sí mismo que no le afectaba.

Espero a que el auxiliar se hubiera ido. Luego se giró hacia Grace haciendo un esfuerzo por mantener la calma.

–¿Quieres un poco de café?

No hubo respuesta. Ni siquiera una indicación de que lo hubiera oído.

–Te preguntado que si…

–Ya te he oído. No –respondió Grace sin apartar la vista de la ventanilla.

Salim apretó la mandíbula. Al infierno con ella. Si quería hacer el viaje hambrienta, sedienta y agotada, adelante. Él se forzó a comer algo y luego volvió a centrarse en la BlackBerry.

Podía sentir cómo crecía su ira.

–Grace –dijo. Ella no se movió–. Tenemos un largo viaje por delante. ¿Vas a quedarte ahí sentada sin comer ni beber hasta que aterricemos? –silencio.

Salim soltó una palabrota, dejó a un lado la BlackBerry y se puso de pie.

–Te estoy hablando.

Grace giró la cabeza muy despacio y lo miró. Salim se quedó asombrado. Estaba muy pálida; el cardenal de la sien había florecido como un rosa maligna. Algo cambió dentro de él. Tomó asiento en el sillón de cuero que había al lado de Grace.

–Estás enferma –le dijo con rotundidad–. Tienes un aspecto horrible.

–Seguro que lo tengo. Gracias por recordármelo.

Cuando Grace trató de volver a girar la cabeza, Salim le agarró la mandíbula para impedírselo.

–No debería haberte escuchado. Tendría que haber insistido en que vieras a un médico. Seguramente tienes una conmoción.

Lo cierto era que Grace creía que podría tener razón. Parecía como si alguien le estuviera dando con un martillo en la sien. Cada vez le dolía más, pero no pensaba reconocerlo ante su Alteza Imperial. Salim era capaz de decirle al piloto que se diera la vuelta y regresara a Bali. Con él todo era posible. ¿Acaso no lo había demostrado meses atrás, cuando zanjó una semana de creciente distanciamiento emocional dándole un beso de despedida y marchándose sin decirle lo que tenía en mente? Si no hubiera sido por su jefe, Thomas Shipley, ella nunca se hubiera enterado de que Salim había decidido sacarla de su vida. Que ya había iniciado la ronda de entrevistas para sustituirla.

Teniendo en cuenta lo poco que había sabido de él durante aquella semana, seguramente había estado en California encontrando una sustituta para ella en la cama además de en el trabajo.

Aquel recuerdo todavía le dolía. Era como si un cuchillo le atravesara el corazón.

–Si palideces todavía más, vas a parecer un fantasma.

Grace le apartó la mano.

–Me duele la cabeza –dijo con frialdad–. Eso no es ni mucho menos el fin del mundo, y además, ¿a ti qué te importa? Estoy en tu avión. Nos dirigimos a Nueva York. Mi vida está hecha añicos –los ojos de Grace brillaron con desdén–. El poderoso jeque ha ganado la batalla. No creas que soy tan estúpida como para creer que te importa un bledo la víctima.

Víctima. Interesante elección de palabras. Seguramente Grace imaginaba que tenía muchas horas para interpretar aquel papel. Para cuando aterrizaran, parecería como si Salim la hubiera arrastrado físicamente por las olas del mar. Seguramente la prensa ya se habría enterado de lo que estaba pasando y se presentaría también. Él se había pasado la vida tratando de evitar las cámaras y los micrófonos, pero su título y su riqueza actuaban como imanes.

Un vistazo a los cardenales de Grace y sus ojeras y los programas de corazón y la prensa sensacionalista asegurarían en sus titulares que un jeque cruel había maltratado a una hermosa rubia. No permitiría que Grace se saliera con la suya, se dijo mientras le ponía la mano en la frente.

—Quita —protestó ella apartándose.

—Tienes fiebre.

—Eso es por la rabia.

Salim llamó al auxiliar.

—Una aspirina, por favor —le pidió.

—No voy a tomar más aspirinas. Ya tomé una hace unas horas —aseguró Grace, cruzándose de brazos.

—Deja de comportarte como una diva —gruñó Salim—. Tú harás lo que yo te diga.

—Puedes intentar arruinarme la vida por todos los medios, Salim, pero no puedes obligarme a…

—¿No puedo? —dijo cuando el auxiliar llevó un bote de tabletas y se fue corriendo. Había una jarra de agua fría y vasos en el carro. Salim llenó uno de ellos, dejó caer una aspirina en la palma de la mano y le tendió el vaso y la tableta a Grace.

—Tú decides, *habiba*. Te tomas tú la aspirina o te la doy yo.

Furiosa y frustrada, Grace lo miró. ¡Oh, cómo odiaba a aquel hombre! Sus ojos fríos. La postura rígida. La determinación de la mandíbula. Lo conocía lo suficiente como para creerse todo lo que le estaba diciendo. Además, lo de la aspirina era una buena idea. Y también el agua. Grace le arrancó la pastilla de la palma, se la metió en la boca y bebió lo justo para tragarla.

–Bébete el resto.

–No quiero. No hace falta. La aspirina ha pasado perfectamente, gracias.

–No te he preguntado qué es lo quieres, Grace.

–No –contestó ella–. Nunca lo has hecho.

Había algo en sus ojos que contradecía el afilado tono de voz.

Salim frunció el ceño.

–¿Y eso qué quiere decir?

–Nada. Absolutamente nada –dijo Grace, bebiéndose el resto del agua–. Ya está. ¿Contento?

No lo estaba. No entendía el modo en que lo había mirado ni las palabras que le acababa de decir. Le quitó el vaso y lo dejó a un lado antes de volver a girarse hacia ella.

–¿Qué querías y no te di? –le preguntó mirándola.

–Nada. Olvida lo que he dicho.

Salim pensó en los pendientes de diamantes que le había regalado por su cumpleaños, las horquillas de ámbar antiguo que hacían juego con sus ojos, la cadena de oro con la medalla…

Había habido otros regalos, y Grace había tratado de rechazarlos todos.

Todo mentira.

Había jugado con él, haciéndole creer que no quería nada más que sus brazos y sus besos mientras planeaba cómo robarle una pequeña fortuna, el honor y la certeza de que ella diferente a las demás mujeres con las que había estado y que sólo querían sacarle lo que pudieran.

Grace había vuelto a girarse hacia la ventanilla. La ira se apoderó de él. La agarró de los hombros y la obligó a mirarle.

–Contéstame, *habiba*. ¿Qué hubieras querido que te diera y no te di?

–Yo no he dicho eso –a Grace le temblaban los labios–. He dicho que nunca me preguntaste qué quería.

¿De qué diablos estaba hablando?

–Es un poco tarde para decirme que no deseabas mis regalos, Grace.

Grace se lo quedó mirando. Luego, emitió un sonido parecido a una carcajada.

–¡Qué pagado estás de ti mismo, Salim! No entiendo cómo pude llegar a pensar alguna vez que eso que había entre nosotros funcionaría.

–¿Eso que había entre nosotros? ¿Así es como te refieres a nuestra relación?

–No fue una relación. Fue… un error. Yo sabía quién eras. Lo que eras.

–Estoy seguro de que sí –aseguró Salim con una sonrisa fría–. Estoy convencido de que hiciste los deberes.

–¿Te ha dicho alguien alguna vez lo arrogante que eres, Alteza? –le temblaba la voz–. Probablemente no, considerando que quieren conservar la cabeza sobre los hombros. Bien, pues deja que yo sea la primera. Eres un engreído, egocéntrico, frío y cruel hijo de…

Salim gruñó, la estrechó contra sí y le cubrió la boca con la suya. Grace se defendió, pero a él le importó un bledo. En aquel momento, le parecía que era lo que tenía que hacer. Sabía que había otras maneras de callarle la boca, pero lo que Grace necesitaba en aquel instante era un beso. Necesitaba que le recordara que no siempre había pensado de él como parecía que hacía ahora, que cuando gemía entre sus brazos y lo hundía en lo más profundo de su cuerpo, cabalgándolo hasta que el mundo desaparecía y no existía nada más que ellos dos, él había sido el centro de su universo.

De pronto, Grace dejó de resistirse.

Se le suavizaron los labios y se colgó de los suyos. Susurró su nombre; Salim probó el gusto de sus lágrimas y gimió, la colocó sobre su regazo y la besó como había soñado con hacer durante todos aquellos meses. Porque había soñado con ello. Con Grace. Al menos tenía que ser sincero consigo mismo.

–Ábrete para mí –le pidió con voz ronca. Y Grace obedeció. Salim le deslizó la lengua en el interior de la boca, buscando su calor, su sabor. Ella gimió y echó la cabeza hacia atrás; Salim besó la satinada columna de su cuello como había hecho tantas veces en el pasado y Grace suspiró de un modo que siempre lo había vuelto loco en el pasado. La mano de Grace cubrió la suya y se la llevó hasta el pecho. Salim sintió cómo se le ponía duro el pezón a través de la camisa de seda.

–Grace –susurró él–. *Habiba*…

Ella le puso las manos en el pelo.

–No hables –dijo en un susurro frenético–. Sólo bésame. Bésame. Abrázame con fuerza y bésame como solías hacerlo.

Salim le rodeó la cintura y la giró de modo que estuviera a horcajadas sobre él; tenía la falda levantada hasta los muslos y él deslizó las manos por su piel de seda, moviéndolas cada vez más alto hasta que sus pulgares le rozaron los extremos de las medias. Grace se estremeció de placer, Salim se había puesto tan duro que casi le dolía.

Le deslizó los pulgares bajo las medias. La acarició. La abrió dulcemente. Grace volvió a estremecerse y le apretó la boca abierta contra el cuello.

–Salim…

El susurro de Grace estuvo a punto de acabar con él. Sabía lo que estaba esperando. Dios, y él también lo esperaba. La primera caricia entre sus húmedos pliegues. El primer contacto de los dedos de Salim con su clítoris.

–Mírame –le pidió–. Quiero ver tu expresión cuando te acaricie.

Ella alzó la cabeza. Respiraba con dificultad; tenía la vista borrosa. Salim gimió; apenas había empezado a hacerle el amor y ya estaba al borde del éxtasis.

Siempre le había gustado verla así, perdida en la pasión que él le proporcionaba. A veces Salim prolongaba su acto amoroso hasta que estaba tan duro que creía que iba a explotar, hasta que ella le suplicaba que pusiera fin a aquel delicioso tormento. Contemplarla en aquellos instantes le producía un inmenso placer, porque entonces era consciente de que él y sólo él podía arrancar las capas de sofisticación que Grace portaba como un escudo, que sólo él podía llegar hasta su alma, hasta su corazón.

Había pasado muchas noches en vela recordando aquello, el éxtasis total que encontraba a su lado. Y ahora estaba sucediendo otra vez, una espiral de pasión oscura lo atraía, atrapándolo, borrando todo pensamiento lógico de su cerebro…

Salim se quedó paralizado. ¿Cómo podía ser tan estúpido? Todo aquello era una actuación. Grace quiso sacar algo de él y por eso desplegó toda su capacidad seductora para conseguirlo. Y ahora estaba haciendo lo mismo, solo que esa vez tenía un objetivo más ambicioso que el dinero.

Buscaba su libertad.

Grace volvió a suspirar pronunciando su nombre y él se echó hacia atrás para observar su hermoso y traicionero rostro. Tenía los ojos clavados en los suyos; Grace alzó la mano y se la puso en la mejilla. Salim pensó en lo fácil que sería llevarla al dormitorio que había en la parte posterior del avión y torturarla con sus besos y caricias hasta que le suplicara que la tomara, y entonces, cuando la tuviera debajo con las piernas enredadas en su cuerpo y el cuerpo ardiente y abierto para él, entonces, mientras entraba en ella, le diría que lo que estaba haciendo resultaba inútil, que iba a entregarla a las autoridades, pero que antes iba a hacerla suya una y otra vez para hacerle pagar por todos los meses que su cama y sus brazos estuvieron vacíos y su mente llena de ira.

–Maldita seas –gimió colocándola en el asiento.

–¿Salim? –dijo Grace palideciendo.

–Salim –la imitó él cruelmente–, Salim, ¿eso es lo único que sabes decir?

–Yo… no entiendo.

–Oh, dame un respiro, Grace. Lo entiendes perfectamente.

Salim se puso de pie de un salto. Estaba más furioso que nunca, consigo mismo y con ella. Porque era consciente de que había estado a punto de volver a caer en esa trampa de miel.

–No –dijo con frialdad–. No lo entiendes. ¿Cómo voy a resistirme a ti? Eso es lo que estás pensando, ¿verdad? ¿Cómo puede resistirse ningún hombre a ti?

Grace se lo quedó mirando. Si Salim no supiera la verdad respecto a ella, habría caído ante el hechizo de sus ojos.

–Vamos, cielo, no te hagas la tímida conmigo.

¿Por qué no admitir la verdad y terminar con esto de una vez?

Los ojos de Grace se llenaron de lágrimas.

–Tenía razón respecto a ti –dijo con voz temblorosa–. Eres un engreído, un arrogante y…

Salim se inclinó y colocó las manos en los reposabrazos del asiento, dejándola atrapada.

–Tal vez, *habiba* –se acercó más y le sujetó el rostro con las manos–. Pero al menos no soy un ladrón como tú.

Grace se retorció como si le hubiera tocado la raíz de un nervio.

–¿Cómo?

–Ah, no te gusta el término –sus labios sonreían pero tenía los ojos llenos de malicia–. ¿Te gusta más cómo suena malversadora?

El rostro de Grace era un poema.

–¿De qué estás hablando?

–Estoy hablando de ti, *habiba*. Cuántos talentos para una sola mujer. Un genio de las matemáticas. Una actriz digna de elogios. Y por supuesto, una consumada cortesana. Tu mejor trabajo siempre ha sido en la cama.

Grace se quedó mirando su terrible sonrisa, la crueldad de sus ojos. ¿De verdad había sentido alguna vez algo por aquel hombre?

–Estás loco –susurró.

–Lo estaba. No fui capaz de ver a través de ti. Pero eso pertenece al pasado. Ahora soy un hombre dispuesto a mirar hacia delante, hacia el futuro –se le borró la sonrisa–. Te va a encantar la cárcel, Grace. Y no te imaginas cómo me gusta la idea de saber que vas a pasar años en ella.

–¿La cárcel? –Grace le empujó el pecho con las manos y se puso de pie de un salto–. ¡Estás loco! Me importa un bledo lo poderoso que seas, no puedes inventarte algún tipo de mentira y enviarme a prisión por ello.

–El juego ha terminado, *habiba*. Me robaste diez millones de dólares, dinero de mi cuenta privada, dinero que sabías de sobra que iba a utilizar para financiar proyectos para mi pueblo.

–Aléjate de mí, Salim. Haz que el avión de la vuelta. Quiero volver a Bali. ¡Maldita sea, no puedes hacer esto!

–Puedo hacer lo que quiera –le espetó él, sujetándole las manos con las suyas–. Y lo que quiero, lo único que quiero desde que huiste de mí, es verte entre rejas.

–Yo no huí. Te dejé. Las mujeres somos libres para hacer algo así, aunque te resulte asombroso.

–Malversaste mi dinero y huiste.

–¡No, no! –gritó y trató de luchar contra él como una gata salvaje, pero le dolía tanto la cabeza…

Se formó un destello al otro lado de la ventanilla. El avión dio una sacudida; una luz iluminó el cielo nocturno y entonces.

¡Bam! Todo se quedó en un silencio absoluto.

–¿Salim? –susurró Grace.

Una segunda explosión sacudió la cabina. Unas lenguas de fuego atravesaron la ventanilla. El avión giró de forma brusca, se puso de lado y entonces empezó a caer y a caer…

Lo último que Grace sintió fueron los brazos de Salim estrechándola contra sí y el peso de su cuerpo cuando la tiró al suelo y se lanzó encima de ella.

Luego se oyó a alguien gritar, y después ya no hubo nada más.

Capítulo 6

AGUA, agua fría y oscura acunándole en un abrazo mortal. Algo afilado que se le clavaba en el costado. El gemido y el susurro del metal retorcido. Llamas, color púrpura en la noche.

Salim recuperó de golpe la consciencia. Tosió. De su boca salió agua salada. El olor arce del combustible del avión le inundaba la nariz.

¿Dónde estaba? ¿Qué…? Recordó entonces con aterradora velocidad. El avión. La tormenta. El espantoso bramido de las explosiones y la visión del fuego… ¡Grace! ¿Dónde estaba? Se había lanzado sobre ella cuando el avión caía en picado, pero el impacto contra el agua debió separarlos.

Salim se puso de rodillas. Estaba en lo que quedaba de la cabina. El agua entraba a través del metal retorcido. A excepción de los destellos de luz del fuego, estaba tan oscuro como el infierno.

–¡Grace! –gritó–. ¡Grace!

No podía estar muerta. No, no podía ser… oyó un gemido a su espalda. Salim, que todavía estaba de rodillas, se giró y la buscó en la oscuridad. Por fin dio con ella y le agarró la muñeca.

–Grace –susurró. Estaba viva. La estrechó entre sus brazos y la abrazó, sintiendo la delicadeza de su cuerpo contra el suyo, escuchando su respiración en el cuello. El corazón le latió con fuerza.

–Grace –volvió a decir. Ella permaneció inmóvil

entre sus brazos. No tenía modo de saber si estaba gravemente herida, pero en aquel momento no podía hacer nada al respecto. Tenían que salir de allí. Lo que quedaba del avión se hundiría enseguida. El agua ya les llegaba a la cintura.

–Agárrate a mí –susurró aunque sabía que no podía oírle. Abrazándola con fuerza, consiguió llegar hasta un agujero del fuselaje. Bajo la moribunda luz de las llamas que estaban consumiendo el aparato distinguió un trozo de cielo nocturno. Todo lo demás era mar oscuro.

No había tiempo que perder. Unos segundos más y el agua inundaría por completo la cabina.

Salim se quitó los zapatos, abrazó con más fuerza a Grace y se abrió paso hacia la noche. Tragó agua y luego la escupió. El mar era como un ser vivo que trataba de absorberlo y de arrebatarle a Grace de los brazos. Utilizando un solo brazo, luchó contra las olas que parecían altas como una casa.

Nadó durante mucho rato sin mirar atrás. Se estremeció y rezó en silencio por las almas de su tripulación, pero siguió moviéndose.

A la larga, comenzó a sentirse extenuado. Le dolían todos los músculos por el impacto del accidente. Grace seguía inmóvil. Todavía no podía comprobar qué le había pasado. Salim sabía que sería más fácil rendirse. Aceptar el abrazo del Pacífico no como el de un enemigo que estuviera tratando de matarlo, sino como el de un amante que le ofrecía tranquilidad.

–¡No! –gritó Salim en la oscuridad y el bramar de las olas.

No se rendiría. Era un luchador, lo había sido siempre. Su vida le pasó por delante. Vio el niño que había sido, el hijo de un jeque derrotado en una sangrienta guerra civil, un niño que había crecido en la dureza del desierto. Sabía lo que era pasar hambre y una sed insoportable, temblar de frío en las largas noches del desierto y tener que luchar por su vida cuando los enemigos de su padre intentaron matarlo.

Y había sobrevivido. Era fuerte y no tenía miedo de nada. Superaría aquello, y Grace también. Se lo debía. La había obligado a hacer aquel viaje.

Las olas eran muy altas. El viento soplaba con fuerza. La tormenta había regresado con fuerza renovada. La lluvia los golpeaba, los relámpagos cruzaban el cielo negro, y entonces vio… Salim vio algo que se acercaba a ellos.

El corazón le latió con fuerza. ¿Un tiburón? Ese «algo» se acercó más, el cielo volvió a iluminarse y vio que se trataba de uno de los asientos de cuero del avión. Salim se dirigió chapoteando hacia él y consiguió agarrarlo con los dedos.

–Te tengo –murmuró acercándolo. Gimiendo por el esfuerzo, ya que tenía todos los músculos agarrotados, colocó a Grace encima de él–. No te dejaré morir, *habiba*, te lo juro.

El asiento estaba pensado para convertirse en chaleco salvavidas, así que tenía cintas de seguridad. Transcurrieron unos minutos angustiosos mientras Salim le pasaba los brazos por ellas y las ajustaba para que no se soltara. Finalmente, agotado, se subió a su lado.

El fuego se había extinguido. Ya no llovía. Había dejado de soplar el viento. Lo único que cabía hacer era quedarse en el asiento y esperar a que se hiciera de día.

Esperar y preguntarse si el piloto habría tenido tiempo de enviar una señal de alarma.

Salim murmuró una plegaria ancestral de su pueblo. Confiaba en que la liberación llegara en forma de avión, y no de tiburón hambriento.

–Sed…

Fue un susurro suave que le acarició la mejilla con la ligereza de una pluma. Salim salió de su estupor.

–¿Grace?

–Sed. Mucha… sed...

Estaba viva. Salim estuvo a punto de echarse a llorar de alegría. Estaban vivos los dos. Habían conseguido sobrevivir a la noche. En el horizonte, el alba atravesaba el cielo infinito con tonos violetas y púrpuras. El mar seguía agitado, levantándolos como si fuera la mano de un gigante y luego dejándolos caer. Salim tenía a Grace agarrada de la cintura.

–Sed –volvió a murmurar ella entreabriendo los labios y girando la cabeza hacia el mar.

–¡No! –Salim le sujetó la cara y la giró hacia él–. *Habiba*, ya sé que estás sedienta, pero no debes beber agua del mar.

Grace se lo quedó mirando. Tenía el rostro muy blanco y el moratón de la sien parecía dos veces más grande que antes. Y en sus ojos había un vacío aterrador.

–¿Grace?

Ella suspiró. Las largas pestañas le rozaron las mejillas. ¿Se había dormido? ¿Estaba inconsciente? Salim no sabría decirlo. Maldijo entre dientes mientras el sol iba subiendo. Pronto los castigaría con una ferocidad que sabía no serían capaces de soportar durante mucho tiempo. Estaban a la deriva. Salim miró en todas direcciones y no vio más que un mar interminable.

Grace parecía dormida. Él también se adormiló. Se despertó sobresaltado. Algo le estaba rozando el pie. Gruñó y subió a Grace un poco más en el asiento mientras movía el pie aterrorizado y miraba hacia el agua.

El color del agua había pasado de un azul oscuro a un zafiro transparente. Salim se frotó los ojos. Ahora podía ver además peces plateados nadando a través de un coral. Contuvo el aliento al darse cuenta de lo que significaba. El coral crecía en los arrecifes, los arrecifes rodeaban las islas.

–Tierra –susurró. Podía verla. Arena blanca. Palmeras verdes–. Tierra –repitió riéndose de felicidad–. ¡Grace! ¡Todo va a salir bien, *habiba*!

Una ola gigante los llevó primero hacia atrás y después los lanzó con fuerza contra la orilla, dejándolos en la playa.

Salim no se movió durante un largo rato. No sentía el brazo ni el hombro. Grace seguía inmóvil. Sólo el pecho le subía y le bajaba lentamente.

–Grace –dijo él con suavidad.

Se sentó, retorciéndose ante el dolor de todos los músculos de su cuerpo, y la examinó lo mejor que pudo moviéndola lo menos posible. Tenía heridas, de eso estaba seguro, pero no sabía su gravedad ni dónde estaban localizadas.

–Todo va a salir bien –dijo hablando para Grace y para sí mismo e inclinándose sobre ella. Le apartó los mechones mojados del rostro y contuvo la respiración. El moratón tenía peor aspecto y estaba más grande. De él salía un reguero de sangre. Debió golpearse la cabeza cuando cayó el avión. Salim la agarró en brazos y se puso de pie. No muy lejos de allí había una palmera alta. La llevó hasta allí y la colocó con la espalda apoyada contra el tronco.

–Voy a limpiarte ese corte, *habiba* –dijo con

energía, como si pudiera oírle–.Quédate aquí. Enseguida vuelvo.

Salim se dirigió al mar y se quitó la camisa. La mojó en el agua, la escurrió y regresó con Grace. No se había movido. Se arrodilló delante de ella y le limpió la cara dándole delicados toques con la camisa mojada. Grace se estremeció una de las veces; Salim se inclinó y le rozó los labios con los suyos, susurrándole palabras de cariño. Cuando terminó de limpiarle la cara, la sangre todavía se filtraba por la herida pero al menos ya no tenía arena. Tenía que averiguar si había más heridas.

Le desabrochó cuidadosamente los botones de la blusa. No tenía heridas ni cardenales en el cuello, en los brazos ni en el pecho. Salim se puso de pie. Ya le buscaría heridas en otro momento. Aunque las encontrara no podría hacer mucho al respecto ahora.

Lo primero que debía hacer era comprobar si la isla estaba habitada. Si era así, estaban salvados. En caso contrario, debía encontrar agua fresca, algo de comer, conchas o piedras para hacer una señal de socorro en la playa, recoger madera seca para prender una hoguera y ver si recordaba cómo hacer fuego por fricción.

¿Podría dejar sola a Grace? Diablos, no tenía opción, pero no quería hacerlo. No sabía qué podía esperarles allí. Jabalíes salvajes, caimanes… cualquier cosa era posible.

–Oh…

Dirigió la mirada hacia Grace. Vio cómo batía las pestañas. Estaba volviendo en sí. Salim se colocó rápidamente a su lado.

–¿Grace? Vamos, *habiba*, abre los ojos –la agarró de los hombros–. Sé que puedes hacerlo. Abre los ojos y mírame.

Ella dejó caer la cabeza hacia un lado.

–Mm –murmuró.

Y luego, muy despacio, alzó los párpados. Sacó la punta de la lengua y se humedeció los labios.

–Me duele la cabeza –susurró.

Salim dejó escapar un aire que no sabía que estaba conteniendo.

–Lo supongo. ¿Te duele en algún sitio más?

–Te sangra la muñeca –dijo Grace frunciendo el ceño–. Y tienes una herida en el costado.

Salim bajó la vista. Grace tenía razón. El corte no era muy profundo.

–No es nada, no te preocupes. Sólo dime dónde te duele.

Grace frunció todavía más el ceño. Salim notó cómo se buscaba heridas.

–Me duele todo. Pero la cabeza… –se llevó la mano a la sien y dio un respingo. Salim entrelazó la mano con la suya.

–Tienes un cardenal ahí, *habiba* –le dijo con dulzura. Qué diablos, podía permitirse ser amable con ella hasta que se sintiera mejor. Eso no iba a cambiar nada. Grace seguía siendo quien era, pero por el momento podía ser simpático con ella–. La he limpiado lo mejor que he podido. Intenta no tocarla, ¿de acuerdo?

–De acuerdo –asintió Grace.

Aquel «de acuerdo» le escamó. De hecho, desde que había recuperado la consciencia todo en ella le inquietaba. Estaba siendo complaciente, y ésa era una palabra que nunca le hubiera aplicado a Grace.

«Limítate a dar las gracias porque no te lo está haciendo pasar mal» se dijo Salim poniéndose de pie.

–Bien –dijo con energía, como si lo tuviera todo

bajo control–. ¿Por qué no echamos un vistazo por aquí?

–De acuerdo.

–A lo mejor hay un hotel de cinco estrellas al otro lado de la isla.

Salim esperaba una sonrisa. Pero lo único que consiguió fue otro «de acuerdo».

Un escalofrío le recorrió la espina dorsal. Volvió a agacharse delante de ella y le tomó la mano.

–¿Estás segura de que te encuentras bien, Grace?

–Ya te lo he dicho, me duele la cabeza, pero aparte de eso…

–Bien. Excelente.

El accidente y la noche a merced de las olas la habían dejado agotada. Por eso parecía tan diferente, se dijo. Salim volvió a ponerse de pie.

–Tú espérame aquí. Pero no se te ocurra pensar en marcharte porque no hay donde ir. ¿Me entiendes?

Grace asintió. Salim se sintió como un idiota. Habían sobrevivido a una experiencia que podía haberlos matado a los dos y allí estaba él, hablando como si hubieran aterrizado en medio de Central Park. El problema era que Salim estaba empezando a sentirse como si hubieran pasado a otra dimensión.

–Enseguida vuelvo –dijo con energía dirigiéndose hacia el muro verde de palmeras y arbustos. Casi había llegado allí cuando Grace volvió a hablar.

–Disculpa…

¿Disculpa? Salim sintió deseos de reír. Pero se limitó a aspirar con fuerza el aire y se giró hacia ella.

–¿Sí?

–Tengo… tengo algunas preguntas.

Salim miró al cielo con gesto de impaciencia. El sol estaba empezando a caer. No tenía mucho tiempo para echar un vistazo por ahí antes de que desapareciera por completo.

–De acuerdo. Yo también. Pero las preguntas pueden esperar a…

–Éstas no –lo interrumpió Grace.

Salim volvió a suspirar y se cruzó de brazos. Esa se parecía más a la Grace que él conocía.

–¿Y bien? ¿Qué preguntas son esas tan urgentes que no pueden esperar?

Ella vaciló y tragó saliva.

–Para empezar… ¿qué ha pasado? Quiero decir, ¿cómo hemos llegado hasta aquí?

Salim entornó los ojos.

–No lo entiendo. ¿Qué quieres decir con esa pregunta?

–Justo lo que he dicho –Grace señaló el mar y la arena con la mano–. ¿Cómo hemos llegado a este lugar?

No recordaba la noche que habían pasado. Bueno, eso estaba muy bien.

–Estuvimos a la deriva –dijo clavándole los ojos en los suyos–. Llegamos hasta aquí subidos a los escombros del avión. Tuvimos suerte de… ¿Qué ocurre? –preguntó Salim al ver al expresión de su rostro.

–¿Qué avión? –preguntó Grace mordiéndose el labio inferior.

–El mío. El jet que nos estaba llevando a Estados Unidos, ¿lo recuerdas?

Grace se lo quedó mirando durante lo que pareció una eternidad antes de sacudir la cabeza.

–No.

Tal vez estuviera mintiendo. Tal vez no.

–Si no recuerdas nada, no te preocupes –dijo con toda la calma que pudo–. Lo que importa es que ahora estamos a salvo. Voy a buscar agua y comida y vuelvo ahora mismo.

Pero antes de que se hubiera girado del todo, Grace volvió a hablar.

–Una cosa más –dijo con voz temblorosa–. O… dos.

Salim suspiró. No podían permitirse el lujo de perder más tiempo.

–Dispara.

–El caso es… es –comenzó a decir aclarándose la garganta– que no sé quién eres. No sé cómo te llamas. Y… –las lágrimas empezaron a resbalarle por las mejillas–. Ni siquiera sé como me llamo yo.

Grace se cubrió el rostro con las manos y se echó a llorar con profundos sollozos.

Capítulo 7

MIRÓ al hombre que estaba parado enfrente de ella a través de una nebulosa de lágrimas.

La estaba mirando como si hubiera perdido la cabeza. ¿Y quién podía discutírselo?

Sintió una oleada de pánico. ¿Qué le había sucedido? ¿Cómo era posible que no supiera su propio nombre, ni dónde había estado unos instantes antes, ni quién era aquel desconocido de hombros anchos que obviamente parecía conocerla a ella?

No cesaba de llamarla Grace. ¿Sería aquel su nombre? Sintió que se le cerraba la garganta debido al terror. Se le nubló la visión. No podía respirar; comenzó a jadear en busca de aire.

—Respira hondo —le ordenó él. Grace obedeció—. Y ahora baja la cabeza. Respira, Grace, o te desmayarás. Así.

La niebla se fue disipando. Se le volvieron a llenar los pulmones de aire.

—¿Mejor?

¿Mejor? ¿Cómo iba a encontrarse mejor si no reconocía aquel cuerpo y aquella mente?

—Sí, mejor.

El hombre se puso de cuclillas. Grace sintió cómo la observaba con expresión distante e interrogadora. Fuera quien fuera, el hecho de que ella tuviera la mente en blanco no parecía aterrorizarle.

¿Serían desconocidos? Le había dicho que viajaban en su avión. ¿Era el piloto?

–Grace.

Ella alzó la vista.

–¿Ése es mi nombre? ¿Grace qué?

–Grace Hudson –aseguró él con los ojos entornados, como si estuviera examinando la situación.

–¿Y tú… cómo te llamas? –le preguntó nerviosa–. ¿Quién eres?

–Me llamo Salim –dijo finalmente él.

Salim. Aquel nombre le pegaba. Era fuerte, masculino y exótico, como él. Grace deslizó la mirada por su cuerpo. Estaba desnudo de cintura para arriba y tenía el torso y los brazos musculosos. Sintió un extraño escalofrío por la piel.

–Y… ¿nos conocemos? Bueno, supongo que sí, porque sabes mi nombre, pero…

La expresión de Salim se ensombreció.

–Si esto es un juego, Grace, no tiene gracia.

–¿Un juego? –preguntó ella con una carcajada de asombro. ¿Por qué iba a querer jugar a esto?

–Porque tal vez sirva a tus propósitos –aseguró Salim con gravedad poniéndose de pie.

Ella sacudió la cabeza y al instante se arrepintió. Sentía un dolor terrible en la sien.

–¿Qué propósitos? No sé de qué hablas. Ya te he dicho que no sé nada, ni mi nombre, ni el tuyo, ni de qué avión hablas ni qué hacía yo a bordo ni por qué hemos tenido un accidente.

Salim no la creía. Podía verlo en el modo en que la estaba mirando.

La furia sustituyó al miedo. ¿De verdad creía que se había inventado semejante historia? No le gustó ver la frialdad de sus ojos, ni el modo en que la miraba, tan seguro de sí mismo. Grace hizo amago de ponerse de pie. El hombre le hizo un gesto para que no se levantara.

–¡Quédate donde estás!

–¿Cómo? –Grace se levantó–. Escucha, señor quien seas, yo no recibo órdenes de…

El mundo empezó a dar vueltas. El hombre maldijo, la agarró de los hombros y la estabilizó.

–¿Estás decidida a desmayarte, *habiba*? No es una buena idea. Tengo muchas cosas que hacer antes de que se ponga el sol, y ocuparme de una reina del drama no es una de ellas.

–¡No necesito que se ocupen de mí, lo que necesito son respuestas!

–¿Qué tipo de respuestas?

–Por ejemplo, ¿por qué estábamos en un avión, porqué sufrimos un accidente, adónde íbamos? –a Grace comenzó a temblarle la voz–. ¿Somos… somos los únicos supervivientes?

Salim no podía estar seguro de que estuviera actuando. Qué casualidad que de pronto sufriera amnesia… pero tenía los ojos abiertos de par en par por el pánico y había recibido un golpe en la cabeza. Dos golpes, de hecho. No era tan difícil que tuviera una conmoción.

Grace temblaba. Tenía el rostro tan pálido como la arena. De acuerdo, la trataría como si de verdad hubiera olvidado todo. Era lo más prudente que podía hacer.

–Podemos hablar de esto más tarde –dijo–. Ahora mismo lo que necesitamos es encontrar agua. Está a punto de caer la noche y no quiero que las cosas se pongan peor de lo que ya están.

–¿Cómo podrían empeorar? –tenía los ojos llenos de lágrimas–. ¿No lo entiendes? ¡No sé quién soy!

Salim la miró y vio la verdad. No estaba actuando. Estaba asustada y vulnerable. Maldijo en silencio y la rodeó con sus brazos.

–Grace –susurró–. No tengas miedo, *habiba*.

Salim la estrechó entre sus brazos. Grace sintió su fuerza, el calor de su cuerpo, aspiró su aroma y dejó que salieran las lágrimas mientras él la acunaba dulcemente. Salim esperó a que soltara todas las lágrimas que tenía que soltar y se calmara. Luego la agarró de los hombros y la mantuvo un poco alejada de él. Grace tenía la nariz roja y los ojos hinchados. Se odió a sí mismo por haber sido tan brusco con ella cuando necesitaba su consuelo.

–Lo siento –dijo–. No debí haber dudado de ti.

–Yo… no lo entiendo. ¿Cómo puedo haber olvidado quién soy? Y tú no eres el piloto del avión, ¿verdad? Los pilotos no se saben el nombre de los pasajeros.

–Era un jet privado, *habiba*, y era mío. Tú y yo éramos los únicos pasajeros –a Salim se le oscureció la mirada–. También estaba mi tripulación. Ellos…

–¿Están… están…?

–Lo que importa ahora es que nosotros hemos sobrevivido –la interrumpió Salim sujetándole la cara–. Tienes que relajarte. No sé mucho de amnesia, pero creo que normalmente no dura mucho.

–Ya ha durado demasiado –aseguró Grace, tratando de hacer una broma.

–Superaremos esto, *habiba*. Date tiempo y estoy seguro de que volverás a recordarlo todo.

–¿Por qué me llamas *habiba*? Dijiste que mi nombre es Grace. Grace Hudson.

–*Habiba* es… un apodo cariñoso de mi lengua materna. No significa nada.

Salim creyó que iba a empezar a crecerle la nariz. Estaba mintiendo. *Habiba* significaba «cariño». Cielo. Amor. En el pasado lo había usado porque Grace era suya. Desde que la encontró el día anterior, lo había utilizado con sarcasmo. Ahora… ahora no sabía por qué la estaba llamando así, pero le salía de los labios.

–Y tú te llamas Salim. ¿Salim qué?

No le pareció que aquel fuera el lugar ni el momento para presentarse con su título.

–Salim al Taj –estrechó la mano de Grace y se la llevó a los labios–. Encantado de conocerte, Grace Hudson.

Ella sonrió, tal y como esperaba que haría.

–Lo mismo digo.

Un soplo de brisa marina revolvió el cabello de Grace. Se le había rizado alrededor del rostro. Sin pensar en lo que hacía, Salim estiró el brazo y enredó uno de sus rizos alrededor del dedo. El resto de su cuerpo, igual que el de Salim, estaba empapado. Estaba descalza y tenía el cardenal de la sien muy morado.

No era la elegante Grace que había sido su amante en Nueva York, pero estaba hermosa. Increíblemente hermosa. Y le sonreía sin rencor, ni falsedad ni frialdad…

A Salim le dolió el corazón al recordar lo que fueron una vez. No pensó, no planeó nada, sólo la atrajo despacio hacia sí, inclinó la cabeza y le rozó los labios con los suyos.

–Vas a estar bien, *habiba* –susurró. Y por primera vez en meses, utilizó el apelativo cariñoso con afecto.

Grace no quería esperar en la playa mientras él investigaba la isla. No es que no quisiera, pensó Salim soltando casi una carcajada, es que se negaba en redondo. Aquello era buena señal, pensó. La

Grace que él conocía había vuelto y lo miraba desafiante.

–¡No pienso quedarme aquí mientras tú te vas y te atacan los caníbales!

Esta vez Salim se rió.

–Es más probable que me ataquen las pulgas marinas. Mira, parece que tienes una conmoción.

–El hecho de que vaya contigo no la va a empeorar.

Seguramente no. Y tal vez dejarla sola no fuera una buena idea. Él no sabía nada de amnesia, ¿quién sabía lo que podía suceder después? Si la tenía cerca podría observarla. Además, tampoco iban a ir muy lejos. El sol se pondría pronto, como sucedía en los Trópicos. Salim calculó que les quedaba media hora a lo sumo.

Unos metros más adelante había una rama de árbol tirada. Parecía de pino; había algunos pequeños que crecían entre las palmeras y los arbustos que rodeaban la playa. La rama estaba dura y seca. Salim rompió un trozo contra la rodilla.

–Quédate detrás de mí –le dijo a Grace–. Los arbustos son muy densos. Un paso en la dirección incorrecta y tendré que esperar a que se haga de día para encontrarte.

Ella asintió. Tenía los ojos brillantes.

–No te preocupes por mí –dijo. Y, maldita sea, Salim no pudo evitarlo y volvió a besarla. Aquélla era sin duda la Grace que conocía. La Grace a la que tanto había deseado, aunque eso pertenecía al pasado.

Con sólo una docena de pasos ya estaban entre los arbustos. Unos cuantos más y se verían envueltos por la jungla verde y oscura. Salim utilizó su improvisado machete para abrirse camino a través de las ramas que les bloqueaban el camino, pero la oscuridad se estaba posando allí a más velocidad que en la playa.

Se detuvo y se dio la vuelta. Grace, que le iba pisando los talones, se chocó contra él. ¿En qué estaba pensando cuando le dejó que fuera con él? Estaba temblando por culpa de su ropa mojada. Tenía que encontrar la manera de que los dos entraran en calor, dar con algo de comer y de beber a pesar de lo tarde que era.

Podría construirse una especie de refugio con las hojas de las palmeras. Y en cuanto a la comida y la bebida... ¡Cocos! Por supuesto. La playa estaba llena de palmeras, y las palmeras tenían cocos. ¿Por qué no se le habría ocurrido antes? Y si aquella noche no podía encender un fuego, al menos podría envolver a Grace con su camisa, que había dejado secando en una rama.

–No podemos seguir avanzando por ahora, *habiba*. Así que esto es lo que haremos: volveremos a la playa mientras todavía quede algo de luz, buscaremos un coco y nos prepararemos un par de piñas coladas.

Hizo que sonara como lo más fácil del mundo, aunque él sabía que no iba a resultar fácil abrir un coco. Eran muy duros.

–Luego construiremos un refugio para pasar la noche. Iremos a explorar en cuanto amanezca. ¿Qué te parece?

No demasiado bien, pensó Grace. Aunque encontraran un coco, ¿cómo iban a abrirlo? ¿Y de qué les serviría un refugio contra los habitantes que pudiera tener la isla? De acuerdo, tal vez no hubiera caníbales, pero podía haber otras cosas. Animales. Ratas...

–Suena bien –aseguró, porque aunque no supiera

ni su propio nombre, sabía por instinto que no era una mujer que perdiera el tiempo quejándose de las cosas que no podía cambiar.

O tratando de entender a un hombre que había pasado de desconfiar de ella a besarla.

¿Quién era aquel desconocido llamado Salim? Todavía no le había contado cuál era su relación. ¿Trabajaban juntos? ¿Eran amigos? ¿O había algo más entre ellos?

Grace alzó la vista para mirarlo a los ojos. En ellos, había decisión. Y coraje. Y tal vez, sólo tal vez, algo más. Se le aceleró el corazón.

—Yo… me alegró de que estés aquí conmigo —susurró.

—¿Quieres decir que te alegras de no estar sola? —preguntó Salim, entornando los ojos.

Ella negó con la cabeza.

—Quiero decir lo que he dicho. Me alegro de que estés aquí.

Salim se quedó muy quieto. «Va a volver a besarme», pensó Grace sin aliento.

Pero no lo hizo. Se limitó a acariciarle la mejilla con la mano, se dio la vuelta y volvió sobre sus pasos a la playa.

La camisa no estaba seca del todo, pero cuando Salim se la puso, Grace se abrazó a sí misma y unos instantes después dejó de temblar.

—¿Mejor? —le preguntó él.

—Sí —asintió Grace—. Pero… ¿tú no tienes frío?

—Estoy bien —aseguró con energía—. Vamos, a ver si encontramos esas piñas coladas.

No encontraron un solo coco, sino varios. Grace alzó uno y se lo pasó a Salim.

—¿Y ahora qué? —Grace le dio un golpe al coco con los nudillos—. ¿Cómo vamos a abrir esto?

Salim se aclaró la garganta y trató de concentrarse. Siempre llevaba una vieja navaja de bolsillo consigo. Su padre se la había dado siendo un niño, y había pertenecido a su abuelo. ¿Se la habría arrebatado el mar?

No. Todavía estaba en el bolsillo trasero de sus pantalones.

Pero sólo podría utilizarla cuando averiguara cómo abrir el coco.

Y entonces, unos metros más allá, vio una pieza de metal retorcido y medio quemado en la orilla. No sabía lo que era ni cómo había llegado hasta allí, pero valía la pena hacer un intento.

Salim se acercó al trozo de metal, aspiró con fuerza el aire, cruzó mentalmente los dedos y colocó el coco debajo…

Zas. Le hizo un corte profundo en la cáscara. Un par de golpes más y el oscuro corazón del coco quedó lo suficientemente expuesto. Otro más y el coco se abrió. Salim lo levantó del suelo antes de que la preciada leche se derramara y se lo pasó a Grace.

Ella negó con la cabeza.

—Tú has hecho el trabajo duro. Bebe primero.

Salim torció el gesto.

—Bebe —le ordenó.

Grace obedeció, tragando el preciado líquido antes de devolverle el coco.

—Tú también.

Salim bebió, no tanto como le pedía la sequedad de la boca y la garganta, pero fingió que era suficiente y volvió a ponerle a Grace el coco en los labios.

—Buena chica —dijo sonriendo cuando ella apuró todo el líquido.

Grace no sabía qué pensar. Aquel hombre era un desconocido. Sí, se conocían. Eso lo había dejado claro, pero Grace no lo conocía. No sabía nada de él ni de la relación que tenían.

Contuvo el aliento.

¿Eran amantes? ¿Esperaría que aquella noche durmiera entre sus brazos, que aceptara sus besos y sus caricias? ¿Intentaría colocarse encima de ella, abrirle las piernas, entrar en ella y llenarla con su calor?

–¿Grace?

Ella parpadeó. Salim la estaba mirando fijamente, y trató de no imaginar qué expresión tendría.

–¿Qué te ocurre, *habiba*?

Grace sacudió la cabeza.

–Nada. Sólo… sólo me estaba preguntando… no me has contado qué nos ocurrió. Dónde íbamos. Por qué chocamos.

–Mañana –dijo Salim, como si tuviera la más ligera idea de qué iba a decirle: «Bueno, señorita Hudson, la estaba llevando de regreso a Estados Unidos para que pudieran acusarla de desfalco»–. Por ahora vamos a ver si puedo sacar algo de fruta de la cáscara para que podamos cenar.

No fue sencillo, pero finalmente lo consiguió. Primero le dio unos golpes al coco y luego le arrancó algunos trozos con la navaja. No era una gran comida, pero consiguió devolver algo de color a las mejillas de Grace. Tal vez todo saliera bien al final. Tal vez por la mañana ella recordara todo. Tal vez los encontrara un avión que los estuviera buscando.

Eso era lo que él quería, ¿verdad?

Salim apartó la mirada de Grace.

–De acuerdo –dijo alegremente mientras limpiaba la navaja en la arena y se la guardaba en el bolsillo–. La cena ha terminado. Es hora de irnos a la cama.

Fue una mala elección de palabras. El rosa de las mejillas de Grace no dejó lugar a dudas. Salim se aclaró la garganta y decidió cambiar de tema.

–¿Cómo te sientes, *habiba*?

–Mucho mejor.

–¿No te duele la cabeza? ¿Estás mareada?

Ella negó con la cabeza.

–No. Sólo… sólo es la memoria.

Salim se maldijo en silencio por la estupidez de recordarle su amnesia. Deseaba estrecharla entre sus brazos y consolarla. Grace había hecho todo lo posible para que sus palabras sonaran despreocupadas, pero Salim se dio cuenta de que estaba actuando.

Y Grace era una actriz excelente.

Salim apretó los labios. Recogió lo que quedaba de comida y la arrojó al mar mientras se ponía de pie.

–Dormir –dijo con energía–. Eso es lo que nos hace falta a los dos.

Utilizó hojas de palmera para construir un refugio pegado al tronco de una palmera. No podía hacer mucho respecto a la arena sobre la que iban a dormir, pero la había aplanado con los dedos y había quitado los pedacitos de concha.

No era mucho, pensó, pero al menos les protegería de la lluvia que amenazaba con caer. Seguramente los rescatarían al día siguiente, así que sería suficiente para aquella noche.

Grace se sentía mejor, de eso estaba seguro. Se la veía más viva, con más color. Una vez más, Salim se preguntó si de verdad se sintió mal en algún momento. Si la amnesia no sería fingida. Pero si seguía haciéndose preguntas le iba a estallar la cabeza. Daba lo mismo. Con amnesia o sin ella, Grace era quien era. Les rescatarían, volverían a casa y él se encargaría de que recibiera su merecido por lo que le había hecho. Y no sólo a él, sino a toda su empresa. No se trataba de que Grace lo hubiera abandonado, aquella no había sido nunca la cuestión.

Pero nada de todo eso importaba aquella noche.

El sol estaba besando el mar cuando terminaron.

–De acuerdo –dijo Salim con energía–. Ya está.

–De… de acuerdo.

Salim alzó las cejas. Grace estaba otra vez temblando. Por supuesto, cómo no. Con el sol casi escondido y la suave brisa que salía del mar, las temperaturas habían caído y su camisa húmeda no bastaba para mantenerla seca.

–Grace –Salim se aclaró la garganta y fingió ajustar unas hojas de palmera. ¿Cómo sacar aquel tema? Sólo había una manera: directamente–. Grace, quítate la ropa.

Ella se quedó boquiabierta.

–¿Cómo?

–Todavía estás mojada, y yo también. El sol se ha puesto, se está levantando brisa… la única manera de que entremos en calor es quitándonos la ropa húmeda.

Grace se lo quedó mirando. ¿Quitarse la ropa?

–Pero –comenzó a decir–, pero…

–¿Quieres tener neumonía además de amnesia? –le preguntó muy serio–. No seas tonta, Grace. Quítate la ropa.

Salim tenía razón. Tenía mucho frío, un frío que se le calaba hasta los huesos. ¿Cómo podía ser? Aquella era una isla tropical y…

A Grace le dio un vuelco al corazón.

Salim se estaba quitando la ropa dándole la espalda. Los pantalones. Los calcetines. Se llevó las manos a los calzoncillos, pero para alivio de Grace, vaciló y se giró hacia ella.

–Déjate la ropa interior si quieres.

Su voz era un susurro ronco. Grace sospechaba que ella no tenía voz. Salim era, en una palabra, magnífico. Aquellos hombros anchos, el cuello fuerte y el poderoso pecho casaban a la perfección con vientre liso como una tabla de lavar. Y un poco más abajo, aquella elevación…

–Soy humano, *habiba* –gruñó Salim–. No puedes mirarme así y pretender que no reaccione.

Grace se pasó la lengua por los labios repentinamente secos.

–Yo no… no puedo…

–¿Necesitas ayuda? –su voz se había vuelto ronca–. Si lo prefieres te desnudo yo, *habiba*.

Grace se sonrojó. Le dio la espalda y se quitó la blusa y la falda de lino. Aspiró con fuerza el aire y, levantando la cabeza se giró hacia él. Salim estaba tumbado en la arena de costado, y, gracias a Dios, ya estaba demasiado oscuro como para distinguir la expresión de su rostro.

–Se trata de entrar en calor, *habiba*, nada más.

Grace cruzó rápidamente la distancia que los separaba y se tumbó al menos a un metro de distancia. La noche se había convertido en una capa de seda negra cubierta de millones de estrellas. Las olas golpeaban suavemente contra la arena.

Grace se estremeció. Tenía frío. O algo más que no se atrevía a nombrar. Volvió a estremecerse.

–Por Ishtar –exclamó Salim–, ¡deja de comportarte como una estúpida!

La rodeó con uno de sus poderosos y cálidos brazos. La estrechó contra sí. Le colocó una pierna encima. Grace sintió el calor de su cuerpo sobre el suyo. El suave murmullo de su respiración en el cuello…

Estaba dormido. Aquello la enfureció. Ella se quedaría toda la noche despierta. ¿Cómo iba a dormirse sintiendo su abrazo, sintiendo el latido de su corazón contra la espalda, sintiendo cómo la abrazaba como si fueran amantes?

Sintiendo que nada podría hacerle daño siempre y cuando estuviera entre sus brazos.

Grace bostezó y se quedó dormida.

Capítulo 8

ALGO suave le estaba haciendo cosquillas a Salim en la nariz.

Todavía en sueños, trató de apartarlo y se despertó con la claridad del día. El murmullo de las olas. El cálido sol en un cielo sin nubes. El mar azul, la arena blanca, las palmeras… y Grace dormida en sus brazos.

Lo que le había despertado había sido el roce de su cabello en el rostro. Estaba mirando hacia él, acurrucada contra su cuerpo con el rostro enterrado en su hombro y la mano apoyada en su corazón.

Así era como solían dormir después de hacer el amor.

Salim recordaba la intimidad y la cercanía que sentía al abrazarla tras horas de pasión. Hubo noches en las que se entretuvo hasta casi el amanecer. No quería dejarla, pero sabía que debía hacerlo porque pasar la noche entera con ella no encajaba en su comportamiento. Entonces Grace estiraba un brazo en sueños y murmuraba que no quería que se marchara, poniéndoselo todavía más difícil. Pero eso le confirmaba que estaba haciendo lo que debía.

Las mujeres tenían tendencia al nido, incluso las que estaban completamente decididas a subir a lo más alto profesionalmente, como Grace. Si un hombre se quedaba a dormir con una mujer noche tras noche, su relación acababa domesticándose. Y eso no era lo que él quería.

Sexo. Compañía. Una noche fuera, buen sexo, un último beso y un taxi de regreso a casa antes del amanecer. No tenía ni tiempo ni ganas para algo ni remotamente parecido al compromiso.

Y sin embargo, hubo veces en las que no quiso salir de la cama de Grace. Era un hombre en su madurez sexual, y ella una mujer apasionada. El hecho de querer pasar la noche en sus brazos tenía que ver con un instinto primario.

Salim no sabía qué hacer en aquel momento, pero estaba dispuesto a dejar dormir a Grace un poco más. Si sacaba el brazo de debajo de sus hombros, tal vez la despertara. Lo correcto era quedarse como estaba unos minutos más.

O tal vez podría deslizarle la mano por el cabello y sentir sus mechones de seda entre los dedos. Así. Y colocarle los labios en la frente para comprobar si tenía fiebre. Así. O comprobar si la piel le sabía realmente a seda bajo los besos. Así. Y aquí, entre los labios ligeramente entreabiertos. Un escalofrío le recorrió todo el cuerpo al sentir la suavidad de la respiración de Grace mezclándose con la suya.

—Salim…

Grace abrió los ojos. Los tenía nublados por el sueño y también por el deseo. La boca se curvó contra la suya y le colocó la mano detrás de la cabeza, acariciándole suavemente el cabello y atrayéndolo hacia sí.

La delicada punta de la lengua de Grace le rozó las comisuras de los labios y Salim gimió, aceptando el dulce ofrecimiento.

Así era como Grace recibía siempre su primer beso matinal. Porque sí, a pesar de todo, a la larga

Salim comenzó a pasar alguna noche que otra en su cama. Utilizaba como excusa la lluvia o lo tarde que era, pero lo cierto era que no quería marcharse. Deseaba despertarse con ella en brazos; besarla con ternura para despertarla antes de que la ternura se transformara en pasión y sus cuerpos se encendieran.

Había pasado tanto tiempo sin saborear su boca, su calor, los suspiros que le indicaban su deseo…

Sabía que había muchas razones para no hacer aquello, pero en aquel momento no le importaban. Podía sentir a Grace moverse suavemente entre sus brazos, y Salim sintió cómo se endurecía hasta estar dolorosamente erecto.

Ella también lo sintió. Exhaló un pequeño suspiro y Salim le deslizó una mano por la columna vertebral, alzándole las nalgas. Grace volvió a gemir y él estuvo a punto de alcanzar el éxtasis. Estaba apretado contra ella, sólo les separaba la fina tela de los calzoncillos y las braguitas.

Grace hundió el rostro en su cuello. Salim sintió cómo temblaba cuando se arqueó contra él. Deslizó la mano por el interior de sus braguitas. Ella gimió y a Salim le latió el corazón con fuerza mientras acariciaba sus femeninos rizos.

Un escalofrío la atravesó a ella. O a él. No estaba seguro, no sabía dónde terminaba uno y empezaba el otro. Siempre había sido así. Desde el principio, se estableció entre ellos una conexión tan dulce y poderosa que le hacía temblar.

–Salim…–susurró Grace.

–*Habiba* –respondió él con dulzura antes de colocarla boca arriba. Grace contuvo el aliento cuando le deslizó el dedo pulgar por la juntura de los muslos, acercándose cada vez más al premio que ansiaba.

Salim sintió la humedad, la miel que Grace había creado para él, sólo para él.

–Salim –repitió con voz ronca poniéndole las manos en el pecho–. Para.

Él escuchó la palabra, pero no le encontró sentido. Estaba perdido en un mundo de sensaciones, a punto de alimentar un hambre que no había conseguido saciar durante meses.

–¡Salim! Basta.

El deje de pánico de su voz lo devolvió a la realidad. La mirada se le aclaró y vio a Grace mirándolo con el rostro pálido.

–No podemos hacer esto.

–Te deseo, *habiba*. Y tú me deseas a mí.

–¡No! –Grace le empujó el pecho–. Yo no te deseo. Así no.

Salim sonrió.

–Estoy abierto a cualquier sugerencia.

Los ojos de Grace echaban chispas.

–¡Quítate de encima! ¡No te conozco, no me conozco a mí misma! No voy a hacer el amor con un extraño.

–No somos extraños –protestó él.

–Entonces, ¿qué somos?

Buena pregunta. La respuesta le llegó a Salim al instante. Él era un hombre al que le habían robado el honor, y Grace era la ladrona.

Salim se levantó y comenzó a vestirse. Su ropa estaba rígida por la sal pero seca.

–¿Qué tal la cabeza? ¿Te duele?

–Un poco. Salim…

–Si te encuentras mejor, deberíamos ponernos en marcha.

–Responde a la pregunta, Salim.

–El sol ha salido hace varias horas –contestó

con brusquedad–. Y tenemos muchas cosas que hacer.

–¿Por qué no quieres contármelo?

Salim oyó el sonido de la arena cuando Grace se sentó detrás de él.

–¿Qué quieres que te cuente? Estoy hablando del hotel de cinco estrellas que querías encontrar.

–No me refiero a eso –Grace se detuvo–. Estaba hablando de… de…

De lo que acababa de ocurrir entre ellos. Salim le había dicho que no eran desconocidos. Se dio la vuelta para mirarla.

–Sé de lo que estás hablando –aseguró optando por confundirla–.Los hombres suelen despertarse con una erección. Si hay una mujer disponible, eso ayuda.

Le estaba hablando con mucha crudeza. Estaba enfadado consigo mismo por olvidarse de quién era Grace y eso le hacía hablar así. Sin embargo, tuvo un instante de remordimiento al ver cómo palidecía Grace.

–Yo no estoy disponible –aseguró–. Y gracias por explicarme lo que es una erección.

Aquélla era la Grace de siempre. Ácida y rápida. Salim se agachó para tirarle la camisa y la falda.

–Vístete. Y date prisa o les diré a los caníbales que vengan a por ti.

Grace le insultó. Lo hizo de una forma muy imaginativa, y Salim se alegró de que no pudiera ver cómo sonreía mientras se dirigía a su pequeña reserva de cocos a escoger uno para su desayuno. Tenía la sensación de que iba a ser un día muy duro. Pasó varios minutos sopesando las cosas.

El corte que tenía en el costado no era grave ni mostraba rastros de infección, aunque se estremeció al limpiarlo. Grace actuó como si no le hubiera oído cuando le dijo que se sentara en un tocón de árbol para que pudiera verle la herida de la sien, así que la agarró de la muñeca, la sentó en el tocón, le sujetó el rostro con las manos y observó de cerca el golpe. La hinchazón había bajado, pero seguía teniendo un color espectacular. Levantó tres dedos.

–¿Cuántos hay? –le preguntó.

–Tres –respondió Grace con desdén.

Salim levantó cinco.

–¿Y ahora?

–Cinco.

–¿Tienes algún problema de visión? ¿Ves puntos o algo que no deberías ver?

–Sólo a ti –respondió ella con una voz tan dulce que Salim tuvo que ocultar otra sonrisa.

–De acuerdo entonces. Pongámonos en marcha. Si no puedes seguir, házmelo saber.

–¿Seguirte a ti? –preguntó con desprecio–. He sido Girl Scout…

Salim escuchó cómo contenía el aliento y se giró para mirarla.

–¿Qué ocurre?

–He sido Girl Scout –repitió en un hilo de voz–. ¿Cómo lo sé?

Salim entornó los ojos.

–¿Qué más recuerdas?

–Nada. Sólo eso. No tenía un uniforme completo. Sólo el sombrero y el pañuelo, porque era muy caro.

Salim cubrió la escasa distancia que los separaba y la estrechó entre sus brazos. Grace temblaba. Su amnesia era real. Finalmente se había convencido. Eso no cambiaba quién era ni lo que había hecho. Pero en aquel instante era la misma Grace que había sido.

La Grace por la que había perdido la cabeza. Pero eso no volvería a pasar jamás.

Si hubieran estado buscando localizaciones para una película sobre náufragos perdidos en una isla tropical, aquel lugar habría resultado sin duda elegido.

La brillante luz del sol ayudó a Salim a dar con un camino tropical a través de la vegetación. El sendero desembocaba en un bosque de palmeras, pinos y exuberantes arbustos. Pájaros de brillante plumaje sobrevolaban por encima de sus cabezas, y en un momento asustaron a un pequeño venado que había delante de ellos.

A Salim le crujieron las tripas. La comida estaba allí, aunque tenía pezuñas, y tendría que encontrar la manera de atraparla. También encontraron agua, un arroyo que corría veloz. Ambos se arrojaron a la musgosa orilla y hundieron el rostro en el agua para beber hasta saciarse.

Grace fue la primera en incorporarse, riendo de felicidad.

—¿Has probado alguna vez algo tan delicioso?

Salim la miró. El agua le resbalaba por las pestañas y por el rostro; tenía la camisa rasgada y la nariz manchada de barro. Nunca la había visto tan hermosa… y sí, había probado algo todavía más delicioso que la ansiada agua. La boca de Grace. Su piel. Sus pezones… maldición, ¿qué le estaba pasando? Estaba atrapado en una isla con pocas posibilidades de escapar, al parecer, y en lugar de pensar algo inteligente, se le llenaba la cabeza de imágenes ardientes.

Se pasó el dorso de la mano por la boca y se puso de pie.

—Este no es momento para quedarse aquí hablando –dijo con sequedad–. Me gustaría andar un par de horas más antes de empezar a buscar un lugar donde pasar la noche.

A Grace se le borró la sonrisa del rostro.

–Tienes razón –dijo poniéndose también de pie y siguiéndole.

Salim calculó que habrían empezado a caminar sobre las ocho de la mañana. Ahora serían más de la una de la tarde, a juzgar por la inclinación del sol. Le dolía todo el cuerpo, sobre todo los pies. El camino había comenzado a desvanecerse. Y bajo los pies había hojas, pero también ramas y piedras, y sin zapatos eran como enemigos.

Salim se detuvo varias veces para preguntarle a Grace cómo estaba. Tenía que ser tan difícil para ella como lo era para él. Más. Grace tenía los pies pequeños y delicados. Seguramente habría sentido cada obstáculo del sendero, pero si ella no quería admitirlo, Salim no iba a presionarla.

Hasta que oyó un grito ahogado a su espalda.

Se dio la vuelta y vio a Grace sentada en medio del camino agarrándose el pie izquierdo.

–¿Qué te ha pasado? –dijo, agachándose a su lado.

–He pisado algo… ¡ay!

–¿Aquí? –Salim le apretó ligeramente el talón y ella dio un salto.

–Sí, es ahí, maldita sea.

–Grace, estoy tratando de ver de qué se trata –dijo Salim con suavidad–. Creo que es una espina.

–Una espina –repitió Grace preocupada–. Vamos, quítamela.

–Tengo que verla mejor primero para ver si está partida. Parece que allí delante hay un claro, ¿ves? El sol se filtra a través de esos árboles.

Grace asintió.

–Búscame una rama. Me apoyaré sólo en un pie hasta que… ¡eh! Bájame.

–Cuando lleguemos al claro.

–Soy perfectamente capaz de caminar.

–Y perfectamente capaz de clavarte esa espina con más profundidad. Deja de protestar, *habiba*, y disfruta del trayecto.

¿Cómo iba a disfrutar del trayecto?

¿A qué mujer le gustaría que un hombre la cargara en brazos como si fuera un trofeo de guerra? Sobre todo si se trataba de aquel hombre. Tan alto. Tan seguro de sí mismo. Tan arrogante.

Tan sexy. Cielos, tan sexy…

A Grace se le sonrojó el rostro al pensar en lo que había ocurrido aquella mañana. Se había despertado en brazos de Salim. Su cuerpo apretado contra el suyo, su gran erección apoyada con fuerza contra su vientre. Y luego la había besado. Acariciado. Deslizado su gran mano bajo las braguitas como si tuviera derecho a hacerlo, pero así era como actuaba Salim, como si tuviera el privilegio de un príncipe para hacer lo que le viniera en gana.

El privilegio de un príncipe. ¿Por qué le habían venido aquellas palabras a la cabeza?

Eso no importaba. Pero su relación sí.

¿Habría hecho en el pasado lo que había querido con ella? No eran desconocidos, le había dicho, pero no le había explicado lo que quería decir eso. Grace no podía hacerse una idea por el modo en que la trataba, porque a veces lo hacía con pasión, otras con frialdad y otras, como ahora, con una ternura que hacía aún más atractiva su potente virilidad.

¿Y qué clase de nombre era Salim? Americano no.

–Ya sé que no quieres, *habiba*, pero ayudaría que dejaras a un lado el orgullo y me pasaras los brazos por el cuello.

Grace parpadeó. Estaba tratando de mantener las distancias. Una estupidez, teniendo en cuenta que Salim le había pasado un brazo por las corvas y el otro alrededor de la cadera. Así que hizo lo que le pedía con cautela.

–Gracias –dijo Salim con sarcasmo–. Te agradezco mucho el sacrificio.

–De nada –respondió ella, intentando poner el mismo tono, pero no lo consiguió porque al estar abrazada a él, la situación resultaba más íntima. Y no quería tener ninguna intimidad con Salim.

–Tienes que decirme quién eres. Quiénes somos. De qué nos conocemos y… ¡Oh!

No era para menos. Salim se detuvo en seco cuando salieron del bosque.

Estaban en un prado cubierto de una hierba verde y espesa. Unas majestuosas higueras de Bengala se alzaban hacia el cielo. Y justo delante de ellos, brillando como el diamante, había una cascada de unos cuatro metros que caía sobre una piscina azul zafiro.

–Agárrate fuerte, *habiba* –dijo Salim riéndose mientras corría para lanzarse a la piscina.

–Oh, Salim –dijo ella a carcajadas mientras las gotas de agua los salpicaban–. ¿No es maravilloso?

Lo era. Era increíble. Salim la giró de modo que la tenía de frente, sujeta por las caderas y con los pies sin rozar el suelo. Dio vueltas con ella así agarrada mientras la miraba a los ojos y los dos se reían.

Hasta que dejaron de reírse y él le colocó una mano detrás de la cabeza y le atrajo la boca para besarla con pasión.

Los labios de Grace se fundieron en los suyos.

No había otra manera de describirlo. Toda ella se derritió. Clavó las manos en el pelo de Salim, abrió la boca, le rozó la punta de la lengua con la suya y cuando él gimió y la estrechó con más fuerza contra sí, Grace se deslizó por su cuerpo hacia abajo, apretando el vientre contra el suyo…

–¡Ah!

Su grito de dolor devolvió a Salim a la realidad. Su pie. La espina.

–Tranquila –murmuró llevándola a la orilla y sentándola con delicadeza en una roca. Se arrodilló delante de ella, le colocó el pie sobre la rodilla y se inclinó. La espina no se había clavado con mucha profundidad. Salim sacó su navaja y la utilizó con ayuda del pulgar para asegurarse de que sacaba la espina sin partirla en dos y no le dejaba una mitad clavada.

Cuando hubo terminado, alzó la navaja con la oscura espina en ella.

–La operación ha sido un éxito –aseguró sonriendo.

Grace sonrió también. Era una sonrisa que solía dedicarle antes, una que hablaba con más claridad que todas las palabras y que decía «me encanta todo lo que me haces». Hacía mucho tiempo que no veía aquella sonrisa especial. Y no sólo desde que se Grace lo abandonó, sino antes, cuando todavía era su amante.

Aquella sonrisa y el poder que tenía de ensancharle el corazón habían desaparecido antes que ella.

¿Cómo era posible que no se hubiera dado cuenta hasta ahora?

¿Habría desaparecido aquella sonrisa porque Grace ya se había acercado lo suficiente a él como para conseguir las claves de acceso al ordenador que guardaba en una agenda de cuero en su despacho? ¿O… podía ser que hubiera otra razón?¿Acaso no la hacía feliz en aquel entonces?

–Grace –susurró atrayéndola hacia sí. Cuando Salim se puso de pie, Grace le clavó la mirada en los ojos y le puso las manos en el pecho. Él sintió que podría hundirse en aquella mirada.

Empezó a desvestirla muy despacio. Su blusa desgarrada cayó sobre la hierba; Grace le puso una mano en el brazo y levantó un pie y luego otro mientras se bajaba la cremallera de la falda y se la quitaba.

Grace le puso las manos en la camisa y le desabrochó los botones. Le temblaban los dedos. Tenía una expresión tal de inocencia y deseo que le tomó las manos entre las suyas y se las besó antes de sacarse la camisa por los hombros.

–Ahora me toca a mí –dijo con firmeza desabrochándole el sujetador. Sus senos, tan hermosos como los recordaba, cayeron en sus manos. Grace gimió.

Salim le miró la cara mientras deslizaba las yemas de los dedos por sus delicados pezones. Lo que vio en sus ojos le puso más duro de lo que nunca creyó posible. Ella gritó y Salim se inclinó para besarle el valle que tenía entre los senos antes de introducirse en la boca uno de sus pezones.

A Grace le temblaron las rodillas.

Salim la tomó en brazos. La llevó hasta el árbol más cercano y la tumbó bajo la sombra de una de las gigantescas ramas cubiertas de hojas.

«Esto no está bien», pensó ella. «No conozco a este hombre, no sé nada de él…» Pero en el fondo sí lo conocía. Conocía su sabor, su tacto, sabía que formaba parte de ella.

–Salim –susurró.

–Estoy aquí, *habiba* –Salim inclinó la cabeza y la besó–. Dime lo que me muero por oír. Dime que me deseas.

–Te deseo –suspiró Grace–. Te deseo, Salim, te deseo, te deseo…

Él la besó para hacerla callar y cerró la boca sobre la suya, rodó con ella sobre la hierba y le introdujo la mano en el interior de las braguitas. Grace gimió. El ruido de la cascada era casi tan potente como el rumor que Salim escuchaba dentro de su cabeza.

Solo que lo que estaba escuchando no era la cascada.

Era un jeep blanco con toldo rosa que se dirigía por el prado hacia ellos.

Capítulo 9

AL principio Grace se quedó tan asombrada ante aquella inesperada visión que se quedó paralizada. Luego se dio cuenta de que estaba casi desnuda en brazos de Salim mientras el vehículo se acercaba a ellos.

–Oh, Dios mío –susurró–. Salim…

Él se sentó, bloqueándola con su cuerpo. Agarró la camisa y se la puso por los hombros. Grace metió los brazos en las mangas. No había tiempo para más. El jeep se paró muy cerca de ellos.

Salim se puso de pie, extendió la mano y la ayudó a incorporarse. La camisa estaba destrozada pero al menos le llegaba hasta los muslos.

–Quédate detrás de mí –le ordenó Salim.

Grace obedeció. ¿Por qué le daba tanto miedo la idea de que apareciera gente en una isla que creían desierta? Ella había viajado en el metro de Nueva York de noche, y el corazón no he había latido así de fuerte… ¿Y cómo era posible que supiera eso?

Un hombre salió del jeep. Era fuerte y robusto y llevaba unos pantalones vaqueros gastados.

–¿Quién eres? –le preguntó Salim al hombre cuando estuvo cerca.

–Lo mismo te pregunto yo, amigo. ¿Quiénes sois y qué demonios estáis haciendo aquí? Ésta es una isla privada. Más os vale tener una buena excusa.

–Soy el jeque Salim al Taj –aseguró Salim con

frialdad–. Príncipe coronado del reino de Senahdar, y quiero saber tu nombre y el nombre de este lugar.

La asombrada expresión del hombre seguramente era la misma que la de Grace. ¿Un jeque? ¿Un príncipe? ¿El desconocido con el que había estado a punto de hacer el amor era de la realeza? Sintió una oleada de furia. ¿Por qué no se lo había dicho?

–Entonces, ¿es usted amigo de sir Edward?

–¿De quién?

–Sir Edward Brompton, el dueño de esta isla.

–¿El de la naviera Brompton? Entonces ésta debe de ser la isla de Dilarang.

–Así es. Yo me llamo Jack –el hombre pareció darse cuenta entonces del estado de sus ropas–. Por todos los santos, ¿qué les ha pasado?

–Nuestro avión se estrelló durante la tormenta de hace dos días –aseguró Salim con voz ronca, pasándole el brazo a Grace por el hombro–. La señorita Hudson y yo somos los únicos supervivientes.

–Lamento oír eso, pero me alegro de que ustedes lo hayan logrado –dijo Jack sonriendo–. Menuda tormenta. Nosotros nos quedamos sin luz. Todavía no hemos conseguido arreglar la avería.

–¿Y los satélites?

–Tampoco funcionan. No sabemos por qué.

Grace se humedeció los labios con la punta de la lengua.

–Entonces, ¿no hay manera de contactar con el exterior para pedir ayuda?

–Todavía no, señorita, pero le aseguro que aquí tenemos todo lo que pueda necesitar –se acercó más a ellos con la mano extendida para estrechar la de Salim–. Bienvenidos a Dilarang.

¿Todo lo que podía necesitar?

Grace estuvo a punto de echarse a reír. La casa de la isla de Dilarang tenía todo lo que cualquiera podría necesitar en una docena de vidas.

Y llamarla «casa» era no hacerle justicia Era una mansión que se alzaba sobre un acantilado que estaba a diez minutos de la cascada.

–A diez minutos en jeep –aseguró Jack con alegría–. Medio día si es a pie. El bosque vuelve a aparecer justo detrás del prado.

La mansión, que estaba rodeada de jardines llenos de rosas rojas, rosas y púrpura daba a la playa de arena blanca bañada por las aguas azul zafiro del Pacífico Sur. La mansión, de corte moderno, estaba construida en madera de teca y cristal. Todas las habitaciones daban a la playa o al bosque. Los techos llegaban casi hasta el cielo, y había gigantescas chimeneas de piedra por todas partes para conjurar el fresco de la noche. Grace calculó que habría al menos una docena de habitaciones con sus baños.

–Hay personal de sobra, y estarán encantados de atender sus necesidades –aseguró Jack–. Me temo que sir Edward no está aquí y no lo esperamos hasta dentro de varias semanas, pero estoy seguro de le gustaría que se sintieran ustedes como en su casa, jeque Salim.

–Gracias –Salim sonrió–. Le agradecería que me avisara cuando podamos restablecer contacto con el exterior. No sé si mi piloto logró lanzar una señal de socorro, pero en cuanto se sepa que hemos desaparecido…

–Por supuesto, señor. Uno de nuestros empleados es un genio de la informática y está intentando solucionar el problema. Mientras tanto, le diré al chef que les prepare algo de comer mientras se asean.

Hay ropa en todas las habitaciones. Pueden escoger el dormitorio que deseen, pero estoy seguro de que a sir Edward le gustaría que ocuparan la suite principal.

—Oh, pero preferiríamos... —comenzó a decir Grace.

—Suena perfecto —dijo Salim sin dejarle terminar la frase.

Unos instantes más tarde, estaban a solas en la habitación de techos altos dominada por una gigantesca cama de dosel cubierta de metros y metros de gasa color marfil. La suite tenía una gran terraza privada, y más allá se veía una enorme piscina y el mar infinito.

—Iba a decirle a Jack que...

—Que preferíamos dos habitaciones —Salim asintió—. Ya lo sé. Pero hasta que estemos seguros de todo, creo que es más inteligente que estemos juntos.

Lo dijo tan serio que Grace no supo qué pensar.

—No pensarás que... quiero decir, no creo que corramos peligro...

—Ya conoces el viejo dicho, *habiba*. Más vale prevenir que curar.

A Grace no le ocurría qué podría pasarles en aquella maravillosa isla, pero había depositado toda su confianza en Salim desde el accidente. No tenía sentido dudar de él ahora.

—Salim —vaciló—, ¿de verdad eres un jeque? ¿Un príncipe?

Él apretó los labios.

—Si, y no me recuerdes lo ridículo que debió sonar.

—En absoluto —sonrió Grace—. Jack pasó de parecer querer arrojarnos a una mazmorra a ser la persona más cordial del mundo.

Salim sonrió mientras caminaba despacio por la habitación, abriendo los armarios y asomando la cabeza en los vestidores gemelos y en el cuarto de baño de mármol.

–Sí, esa es la idea. Tal vez los títulos nobiliarios sean un anacronismo en el siglo XXI, pero todavía sirven para convencer a la gente de que uno ocupa una posición aventajada.

Salim miró sus ropas destrozadas y manchadas de hierba y luego miró a Grace.

–Me dio la sensación de que necesitábamos algo para convencerle de que éramos unos náufragos de verdad, no un par de ladrones.

La idea de que hubiera unos ladrones en medio de la nada provocó que Grace se riera. Ésa había sido su intención. Grace había pasado mucho en las últimas cuarenta y ocho horas. Aunque tenía un aspecto inmejorable. De hecho, estaba guapísima. Salim no podía dejar de pensar en lo que había ocurrido en la cascada.

Grace había estado arrebatada por la pasión, completamente desinhibida entre sus brazos. Había vuelto a ser la antigua Grace, no con la que había hecho el amor las últimas semanas antes de que huyera. Ahí se había vuelto reservada. Salim lo había notado, pero no había dicho nada. ¿Qué importancia tenía? Su aventura ya había durado demasiado, se había dicho, tal vez hubiera llegado el momento de pasar página.

Según su experiencia, las mujeres entraban en la vida de un hombre y después salían. Y cuando eso sucedía, no pasaba nada. Lo prefería así. Podía disfrutar del sexo más intenso sin tener que preocuparse con el «Para siempre».

«Para siempre» era una palabra que no entraba en su vocabulario.

Y entonces había aparecido Grace.

A ella no había parecido importarle su título. Ni tampoco le afectaba su riqueza. No se mostraba en absoluto pretenciosa. En su segunda cita la llevó a un restaurante nuevo en Chelsea. La crítica lo había puesto por las nubes. Grace probó un poco de su primer plato con el tenedor, masticó, tragó… y esperó a que Salim hiciera lo mismo.

Lo que habían servido estaba asqueroso.

—Bueno —dijo él sin ninguna expresión—, ¿qué te parece?

—Creo que deberíamos ir a mi apartamento. Haré unos huevos revueltos —había dicho inclinándose hacia delante.

Pero en lugar de comer huevos revueltos, hicieron el amor con una pasión que Salim no había conocido jamás.

Después, mientras la estrechaba entre sus brazos en la cama, Salim se preguntó si existiría la más remota posibilidad de que aquella mujer fuera tan real, sincera y auténtica como parecía. Que sólo lo deseara a él, sólo a él, no al jeque ni al príncipe.

Diablos, no.

Quería su dinero, pensó Salim regresando al presente y a la dolorosa verdad. Grace tenía amnesia, ¿y qué? De pronto, estar en aquel lugar tan romántico con ella le pareció una broma de mal gusto.

—¿Salim?

Él parpadeó y clavó la vista en Grace. Ella sonrió con timidez.

—Parecías estar a un millón de kilómetros.

Salim apretó la mandíbula.

—No tan lejos —dijo con frialdad—. Solo a unos cuantos miles.

Grace alzó las cejas. Salim se explicó.

–Estaba pensando en Nueva York. En mi despacho. En mi vida. Espero volver pronto.

A Grace se le borró la sonrisa.

–Oh –dijo en voz baja–. Claro, por supuesto. Esto debe de ser horrible para ti.

¿Acaso esperaba que hubiera dicho algo romántico? ¿Como que no quería regresar al mundo tan pronto? Salim no podía culparla, las mujeres veían las cosas de otro modo, sobre todo teniendo en cuenta que habían estado a punto de mantener relaciones sexuales. Pero no había sido así, y él había recuperado la cordura. Durante un breve intervalo de tiempo, había olvidado que aquélla no era la auténtica Grace. Bajo la dulzura y la pasión, la auténtica Grace todavía existía, la Grace que lo había tomado por un estúpido, que le había robado la confianza y el dinero.

Salim se apartó, se metió las manos en los bolsillos del pantalón y clavó la vista en el mar.

–Seguro que querrás darte una ducha –gruñó–. Adelante. Yo iré a buscar a Jack –se detuvo un instante antes de decir algo que sabía que terminaría con lo que había estado a punto de empezar–. Voy a decirle que quiero otra habitación.

–Pero habías dicho que… –Grace se aclaró la garganta–, dijiste que debíamos estar juntos hasta estar seguros.

Salim se giró hacia ella.

–Ahora estoy seguro, Grace.

Ella dio un respingo, como si la hubiera golpeado. No era ninguna estúpida; Salim supo que había captado el mensaje. No quería estar con ella. Fin del escarceo amoroso en aquella romántica isla. Salim se reprendió durante uno segundo por ser tan malvado. Le habría hecho el amor, un minuto más y habría estado dentro de ella. Ahora la rechazaba, y por culpa de la amnesia, Grace no tenía ni idea de por qué razón.

–Excelente noticia –Grace sonrió, pero tenía los ojos llenos de lágrimas–. No quería insistir, pero la verdad es que, aunque te agradezco todo lo que has hecho, me encantaría tener un poco de intimidad.

Se giró sobre sus talones y se dirigió al cuarto de baño de la suite con la espalda muy recta. Cerró la puerta al pasar. Salim apretó las mandíbulas. Era toda una mujer, aquella Grace. Orgullosa. Inteligente. Contenida.

Lástima que él supiera lo que había bajo la superficie. Lástima que pudiera imaginar lo que estaba haciendo ahora detrás de la puerta del baño. Desabrochándose su camisa. Quitándosela por los hombros. Soltándose el sujetador, dejando sus senos al aire. Metiéndose los dedos en las braguitas, deslizándolas por las piernas, por sus largas y maravillosas piernas para quitárselas antes de entrar en la ducha y echar la cabeza hacia atrás para permitir que el agua le acariciara la piel de seda como lo habría hecho la cascada.

Bajo la cascada, él habría estado detrás, rodeándola con sus brazos. Habrían sido sus manos las que le hubieran acariciado los senos, los muslos,…

Salim sintió una oleada de furia ante aquel golpe del destino que los había llevado a estar juntos en aquella isla.

–Maldita sea –dijo en voz alta. Y antes de pararse a pensar en lo que estaba haciendo, Salim se acercó a la puerta del baño, agarró el picaporte de la puerta y la abrió de golpe.

Grace estaba ante el tocador. Todavía llevaba puesta su camisa y las lágrimas le resbalaban por las mejillas como pequeños diamantes. La ira de Salim desapareció al instante, reemplazada por algo que no supo identificar.

—*Habiba* —dijo—. Cariño, por favor, perdóname.

Un sollozo le surgió de la garganta y corrió a refugiarse en brazos de Salim. Le apoyó la cara contra el pecho. Salim la abrazó con tanta fuerza que no se sabía dónde terminaba su cuerpo y empezaba el de Grace. Cuando ella alzó la vista para mirarlo con los ojos bañados en lágrimas, Salim supo que estaba perdido.

—Grace —susurró.

—Sí, sí —respondió ella.

Sus palabras le supieron a dulce llama en los labios cuando la besó.

Salim quería tomárselo con calma.

Pero Grace estaba poseída por la misma fiebre que él.

Sus manos abrasaban la piel de Salim. Su boca bebía de la suya. Movía las caderas contra las de Salim en una invitación tan antigua como el mundo.

—Por favor —dijo. Entonces Salim trató de desabrocharle la camisa, y al ver que estaba tardando mucho, directamente la partió en dos.

También le quitó el sujetador; Salim estaba ciego de deseo, de pasión, de la necesidad de entrar en ella, y cuando recibió en las manos sus senos se inclinó para besarlos y succionarle los pezones. Se los lamió, le mordisqueó ligeramente la tierna piel, y Grace gritó como siempre que hacían el amor.

Salim le deslizó los pulgares en las braguitas, se arrodilló y se las sacó por los tobillos. Grace le puso la mano en el hombro y se liberó de ellas, levantando primero un pie y luego el otro. Salim se aprovechó sin piedad de su postura, alzando la cabeza hacia el nido de suaves rizos que tenía ella entre las piernas para buscar la protuberancia que tanto le gustaba, lamiéndola mientras Grace gritaba su nombre.

Salim le puso allí la mano y gimió.

–Grace –dijo él con voz ronca–. Mi Grace…

Ella se inclinó, le sujetó el rostro, lo besó en la boca y saboreó la prueba de su pasión en los labios. Salim se levantó sin dejar de besarla y la subió encima del tocador.

Se miraron a los ojos, los de ambos nublados por el deseo. Salim se quitó los pantalones y los calzoncillos y le abrió los muslos. Se inclinó hacia delante de modo que su erección le rozara los labios vaginales.

Grace gimió y pensó que iba a morirse de placer.

–Mira –susurró Salim. Ella bajó la vista hacia su erección mientras entraba despacio en ella.

Oh, Dios, era tan grande, Grace sabía que iba a ser así, que la penetraría de aquella manera. Y sabía que antes de que estuviera completamente dentro de ella y le rodeara con la mano, Salim contendría la respiración y le diría: «*Habiba*, ten cuidado, estoy a punto, a punto…»

Y sabía que, cuando apartara la mano, Salim empujaría hacia delante y le llenaría el vientre, el corazón, el alma. Las manos de Salim le agarraron las caderas. Y la fue llenando despacio, muy despacio. Grace tembló; sólo lo veía a él, sólo a Salim, su precioso cuerpo brillando con gotas de sudor mientras la iba acercando cada vez más al borde del abismo. Grace le clavó los dedos en los hombros.

–Todavía no –dijo Salim apretando los dientes–. Todavía no…

–Sí –le ordenó ella–. Ahora, Salim, ahora…

Él la penetró profundamente. Sintió las contracciones de su vientre mientras Grace gritaba su nombre y, en el último segundo, antes de vaciarse dentro de ella, la miró a los ojos y pensó: «Es mía. Para siempre. Mía, mía…»

Grace le hundió las manos en el pelo, le besó la boca, sollozó de felicidad al sentirse poseída y Salim se dejó llevar y voló con ella hacia el paraíso que siempre les había pertenecido sólo a ellos.

Los segundos se convirtieron en minutos. Grace estaba sentada encima de la cómoda de mármol con los brazos alrededor del cuello de Salim y el rostro hundido en su hombro. Tras un largo rato, Salim suspiró.

–Creo que será mejor que nos movamos, *habiba* –dijo en un susurro ronco.

–Mm.

Su voz, saciada y suave, le hizo sonreír.

–¿Eso es un sí?

–Mm.

Salim se rió y le dio un beso en el seno.

–Voy a bajarte al suelo, *habiba*, ¿de acuerdo?

Ella asintió. Su cabello era un amasijo de seda. Dios, cuánto la había echado de menos. Echaba de menos aquello, hacerle el amor, abrazarla después, sentir sus corazones palpitar al unísono.

–A la de tres entonces.

–¿Y si contamos hasta un millón? –susurró Grace, soltando una risotada grave y ronca. Era la risa más sexy del mundo; Salim nunca la había olvidado. Sonrió, la levantó de la cómoda y dejó que resbalara por su cuerpo hasta que sus pies rozaron el suelo de mármol. Salim le sujetó el rostro con las manos y la besó.

–¿Estás bien? –le preguntó con dulzura.

–Oh, sí –respondió ella, sonriendo, con los labios hinchados por los besos–. Ha sido… ha sido…

–Maravilloso. Perfecto.

–Sí –Grace volvió a sonreír.

Salim apoyó la frente en la suya.

–Como médico tuyo que soy…

–¿Mi médico?

–Por supuesto. ¿No te cure los moretones? ¿No te saqué la espina del pie? Bueno, pues como médico tuyo que soy, te digo que necesitas una ducha, comer algo y una copa de champán –Salim la besó lentamente–. Y más de lo que acabamos de hacer, *habiba*. Mucho más, pero en la cama grande que hay en la otra habitación, entre sábanas de seda. ¿Qué te parece?

–Me parece maravilloso –aseguró Grace, levantando la boca para que volviera a besarla.

Salim la levantó en brazos, la llevó a la ducha, se llenó las manos de jabón y la lavó cuidadosamente de los pies a la cabeza. Grace hizo lo mismo con él, y poco a poco sus manos fueron moviéndose más despacio. Los senos de Grace sus muslos, los dulces rizos que cubrían el corazón de su feminidad parecían necesitar atención extra por su parte.

El pecho de Salim y su vientre liso también requerían lo mismo de ella, y las caricias de Grace se fueron haciendo más lentas mientras Salim iba creciendo hasta que se puso duro y erecto entre sus manos.

Grace se puso de rodillas, acarició su sexo, lo cubrió y luego se lo introdujo en la boca.

Salim le agarró el pelo.

–Grace –susurró él poniéndola de pie, buscándole la boca, levantándola en brazos y apoyando los hombros contra la pared mientras entraba en ella, la llenaba y se vaciaba en su interior mientras los suaves gritos de Grace se confundían con el sonido del agua corriendo.

Unos instantes después, Salim salió de la ducha con ella en brazos, la envolvió en una toalla y la colocó encima de la cama. La luz de la luna se filtraba a través de las puertas francesas.

–Mira –susurró Grace–, ¡una estrella fugaz!

Salim siguió la dirección de su mirada justo a tiempo para ver una luz brillante cruzando el cielo de la noche antes de caer al mar. Estrechó a Grace contra sí. Otra estrella iluminó el cielo, y luego otra y otra.

–Menudo regalo, Salim –susurró ella entre sus brazos–. Un cielo plagado de estrellas fugaces. Siempre que vuelva a ver algo parecido recordaré esta maravillosa noche.

Era él quien había recibido un regalo, pensó Salim besándola. Aquella isla perfecta, un paraíso, y otra oportunidad para estar con la Grace que conoció… pero no podía durar.

Los encontrarían. La razón de por qué estaban allí juntos se interpondría entre ellos. No, pensó con firmeza. No podía permitir que eso ocurriera. Su último pensamiento antes de dormirse, igual que había hecho Grace, fue que no quería volver a dejarla escapar nunca más.

Cuando se despertaron, se vistieron con la ropa que encontraron en los armarios empotrados.

Vaqueros desteñidos y camisa blanca para él. Pantalones cortos amarillo pálido y camiseta azul marino para ella. Grace encontró un cepillo en uno de los cajones de la cómoda, se peinó hacia atrás y se hizo una coleta. Luego se miró al espejo y arrugó la nariz.

–Podría haber un lápiz de labios y algo de rímel en un paraíso como éste –protestó.

Salim apareció detrás de ella, la estrechó entre sus brazos y le sonrió en el espejo.

—Deja de buscar que te halaguen. Sabes que estás preciosa tal y como estás —aseguró besándole el cuello.

—Comida —Grace lo empujó suavemente sonriendo—. Mucha comida antes que otra cosa.

—Tienes razón. Necesitaremos de toda nuestra energía para lo que tengo pensado para esta noche.

—¿Y qué planes son ésos?

Salim se los contó con todo lujo de detalles, y Grace se sonrojó de un modo tan encantador que tuvo que besarla de nuevo, y a pesar de toda su charla sobre la necesidad de tomar fuerzas, se tumbaron sobre la cama e hicieron el amor lenta y tiernamente.

Cuando terminaron, Grace se estiró como un gato.

—Si no me alimentas pronto, voy a desmayarme como la protagonista de una novela victoriana —le advirtió.

Salim se puso de pie, le tendió la mano y tiró de ella para que se levantara.

—Te doy dos minutos para que te vistas. Si no has terminado, bajaré solo al comedor y, cuando tú llegues, ya me habré comido todo lo que hay en los platos.

La mesa del comedor estaba llena de platos fríos de langosta, camarones, ensaladas y frutas. Había jarras de cristal con zumo de naranja recién hecho y té de menta.

Comieron hasta hartarse, y cuando hubieron terminado, salieron por una de las puertas. Todas las puertas de la casa estaban abiertas y daban al increíble pasaje que los rodeaba. Salim le pasó el brazo a Grace por la cintura y ella le apoyó la cabeza en el hombro.

—Salim —susurró Grace—, soy muy feliz.

Él la besó en la frente y la giró para mirarla.

–Yo también, *habiba*.

–Pero me resulta extraño ser tan feliz.

Salim contuvo la respiración. ¿Qué estaría recordando?

–Quiero decir… es que como si hubiera alguna razón por la que se supone que no debería sentirme así –alzó el rostro para mirarlo–. ¿Verdad que es una locura?

No tanto. Él era el que no debería sentirse feliz. La mujer que tenía entre los bazos le había robado.

–No –dijo en voz alta–. No es ninguna locura. Has pasado por mucho, *habiba*. Lo normal es que estés confusa.

Grace asintió, aunque Salim se dio cuenta de que no estaba muy convencida.

–Ojalá pudiera recordar algo –dijo con una carcajada amarga.

–Recordarás –le prometió él abrazándola–. Por cierto, ¿qué tal la cabeza?

–Ya no me duele –Grace sonrió–. Gracias por preocuparte por mí. Haces que me sienta bien.

–Puedo hacerte sentir mejor todavía –aseguró él con dulzura tomándola en brazos para llevarla a su dormitorio.

Salim se despertó de pronto en medio de la noche y supo que estaba solo.

–¿Grace?

Se sentó. La habitación estaba bañada por la luz de la luna y Grace estaba de pie frente a la puerta abierta que daba a la terraza. Llevaba un camisón de seda con un estampado de pálidas flores. El cabello le caía en glorioso desorden por la espalda.

–*Habiba* –dijo Salim poniendo los pies en el suelo.

Ella no se movió. Salim se puso los pantalones cortos y se acercó a ella. Le colocó las manos con suavidad sobre los hombros, la atrajo hacia sí, inclinó la cabeza y le besó la curva del cuello y del hombro. Grace tenía el cuerpo rígido. ¿Habría recobrado la memoria? Salim rezó para que no fuera así.

–Grace –dijo con suavidad –¿qué ocurre, cariño?

Ella tragó saliva y luego se giró muy despacio entre sus brazos para mirarlo a los ojos.

–Salim… ya me acuerdo.

–¿Qué recuerdas, *habiba*? –a él se le aceleró el pulso.

–No recuerdo quién soy. Ni mi vida. Pero… me acuerdo de ti. Más bien de lo que sentía cuando estaba contigo. Recuerdo que no quería estar en ningún sitio que no fuera entre tus brazos, pero… no recuerdo cómo nos conocimos ni qué vida llevábamos. Lo único que sé es que, cuando tú me tocas, el mundo es perfecto, y… y… Grace comenzó a llorar–, y sé que entonces, cuando creí que lo tenía todo, ocurrió algo horrible y te perdí, te perdí…

Se apoyó contra él rota en sollozos.

Salim maldijo entre dientes y la estrechó entre sus brazos. La llevó a la cama y la colocó sobre su regazo, acunándola hasta que dejó de llorar.

–Todo va a salir bien –canturreó–. Te lo prometo, *habiba*.

Salim la cubrió de besos y supo que había llegado el momento de reconocer dos hechos incuestionables.

El primero era que, a pesar de todas las pruebas que tenía, sabía que su Grace no había robado nada en su vida.

El segundo era que la amaba.

Capítulo 10

GRACE rodeó el cuello de Salim con los brazos y apoyó la mejilla contra su pecho.

Era sólido y seguro. Era su roca. En aquellos momentos en los que no podía recordar nada de su vida, los brazos de Salim eran el único lugar en el que se sentía segura. La fuerza y la ternura de su amante eran su refugio.

¿Su amante?

Sí. Aquellas palabras tenían sentido. Aquel hombre, aquel desconocido, era su amante. Ahora y en el pasado. No podía recordar ni su propio nombre, pero su cuerpo y su corazón conocían los suyos y, aunque no tenía nada que ver con la lógica, aquello era real.

Los labios de Salim le cubrieron de tiernos besos el cabello, la sien herida, la mejilla… Luego le besó la boca y Grace se abrió para él. Salim le sujetó la nuca y la besó más apasionadamente.

Cómo le gustaba aquello. Cómo le gustaba que la abrazara, hacer el amor con él… oh, Dios mío, lo amaba. No era ningún desconocido. Formaba parte de la vida que trataba de recordar con tanto ahínco.

Pero si eran amantes, ¿por qué no quería Salim hablar de ello?

–Salim –Grace dio un paso atrás–. Salim, por favor, tienes que contarme todo lo que necesito saber sobre ti. Sobre nosotros.

–Luego –contestó él con voz grave y deliciosa–

mente sensual. La echó hacia atrás, se introdujo uno de sus pezones en la boca y Grace se dejó arrastrar por un torbellino de placer.

Alguien deslizó una nota por debajo de la puerta. El desayuno se serviría en la terraza que daba el jardín cuando ellos lo desearan.

Se ducharon y escogieron pantalones cortos y camisas de los vestidores. La gigantesca terraza de teca parecía fundirse con el jardín, que estaba en todo su glorioso esplendor. Una mesa colocada bajo la sombra de una sombrilla blanca ocupaba la tarima central. Al lado había un elaborado bufé. A Grace se le abrieron los ojos como platos. Había jarras de zumo fresco, cuencos de frutas, una bandeja de camarones en salsa de coco, langosta fría, un plato con huevos y beicon…

Salim le sirvió un plato en el que no cabía ni un gramo más de comida.

—No voy a poder comer tanto —protestó.

Pero sí pudo, y cuando acabó con todo, se llevó las manos al vientre y dijo que no había comido tanto en su vida. Salim sonrió y la atrajo hacia sí.

—Gracias por el cumplido, *habiba* —ella alzó las cejas y Salim se rió—. El buen sexo hace maravillas con el apetito.

Grace se rió y dijo que tenía razón, pero su corazón le decía que aquello era más sexo. Mucho más.

Una joven sonriente vestida con un sari les sirvió un delicioso café y una cestita con pastas todavía calientes. Cuando se marchó, Grace se inclinó sobre la cesta con su hermoso rostro embelesado en gesto de concentración y la punta de la lengua asomando entre los labios.

Salim recordó la cantidad de veces que le había visto hacer aquel gesto cuando salían a cenar y ella suspiraba por lo que la haría engordar la deliciosa tarta de chocolate y crema.

Una prueba más de que se trataba de la misma Grace de siempre. La Grace de la que se había enamorado, aunque había sido demasiado obstinado como para admitirlo.

Salim escogió una pasta y se la puso en los labios.

—Demasiadas calorías —murmuró con ojos ávidos.

—Pruébala, *habiba* —le dijo él con suavidad—. Abre los labios para mí.

A Grace se le sonrojaron las mejillas, pero obedeció. Dio un pequeño mordisco a una pasta y se pasó la lengua por el labio superior ante aquella súbita explosión de chocolate y crema.

—Delicioso —dijo, observando cómo los ojos de su amante se oscurecían.

—Déjame comprobarlo —le pidió Salim cubriéndole la boca con la suya, saboreando los ricos sabores de chocolate y crema de Grace. La besó hasta que ella tembló entre sus brazos, y cuando Salim sintió el deseo creciendo dentro de él, la levantó de la mesa, la colocó sobre una tumbona y deslizó la mano entre sus muslos.

Grace contuvo el aliento.

—Alguien podría vernos —susurró, aunque se arqueó hacia él.

—Mírame, *habiba* —le pidió Salim con firmeza—. Mírame a mí y no pienses en nada más.

Entonces él subió un poco más la mano, la encontró, descubrió que estaba húmeda y caliente y Grace se olvidó de todo lo que no fuera su amante y la magia de su pasión.

Después, se adormiló entre sus brazos.

Salim la estrechó contra sí, vio como dormía tan dulcemente, confiando en él. Sintió una punzada de culpabilidad. Si Grace supiera por qué estaba en aquella isla con él, que la había considerado una ladrona, que la había obligado a subirse a su avión, no descansaría así en sus brazos. Todo saldría a la luz cuando los encontraran. Tenía que encontrar la manera de decirle la verdad antes de que eso ocurriera, pero que Dios lo ayudara, no sabía cómo hacerlo.

Grace suspiró y Salim depositó un suave beso en su pelo.

¿Cuántas veces se había dormido en sus brazos? ¿En cuántas ocasiones había sentido el peso de su cabeza en su hombro, el susurro de su respiración en el cuello? ¿Cuántas veces la había estrechado entre sus brazos y se había sentido consumido por una ráfaga de orgullo masculino al pensar que Grace, aquella mujer tan hermosa e inteligente, era su amante?

Meses atrás, antes de que su mundo se desmoronara, había quedado en un bar tranquilo de Manhattan con dos amigos suyos que lo conocían mejor que nadie. Tariq y Khalil, que estaban los dos recién casados, habían hablado de sus esposas; los dos bromearon y pusieron los ojos en blanco diciendo que era muy duro estar casado. Salim no había visto o, sencillamente, había ignorado sus sonrisas de felicidad, y había dicho con arrogancia que no le sorprendía escuchar aquello y que ésa era una de las razones por las que estaba encantado con su situación.

–Ajá –había dicho Tariq guiñándole un ojo a Khalil–, nuestro amigo tiene nueva novia.

–Amante, no novia –lo había corregido Salim–. Son cosas muy distintas.

–Nuestro amigo el jeque de Senahdar no cree en el amor –intervino Tariq.

–Algún día creerá en él –había asegurado Khalil con suavidad.

–Si tiene suerte –añadió Tariq.

Salim se había reído y había pagado la siguiente ronda de bebidas para demostrarles lo equivocados que estaban.

–Por las amantes –había dicho levantando su copa–. Y como dice la canción de Tina Turner, «¿qué tiene que ver eso con el amor?»

Todo, pensó ahora. Eso era lo que sentía por Grace, lo que le había hecho ir tras ella, lo que había estado a punto de matarle cuando se enteró de lo de su supuesto robo, porque su corazón quería pensar que ella lo amaba.

Grace se movió. Alzó las pestañas y le dirigió una sonrisa indolente.

–¿Me he dormido? –preguntó con dulzura.

Salim inclinó la cabeza y la besó, tomándose su tiempo, disfrutando de la suavidad de sus labios y bebiendo de su miel.

–No, *habiba*, el que estaba dormido era yo –Salim dejó escapar un suspiro–. Pero ya me he despertado por completo –aseguró poniéndose en pie con ella–. ¿Por qué no vamos a dar un paseo?

Pasearon despacio de la mano por la playa. La arena blanca parecía extenderse hasta el infinito, el agua increíblemente azul brillaba como el zafiro baja el sol de mediodía.

Grace se detenía a alabar las conchas rosas y color crema. Se pararon a observar cómo media docena de gaviotas buscaban comida en la arena mojada cada vez que una ola se retiraba de la orilla. Era el tipo de tarde indolente que podría estirarse durante horas y horas, pero Salim sabía que se estaba quedando sin tiempo.

¿Por dónde empezar? ¿Con qué? Tal vez sería mejor que Grace marcara el ritmo, decidió. Se aclaró la garganta.

–*Habiba*, sé que tienes algunas preguntas para las que buscas respuesta.

Grace suspiró.

–¿Algunas? Sólo unas mil –Grace se giró hacia el con expresión súbitamente sombría–. ¿Me estás diciendo que me las vas a responder ahora?

Salim asintió.

–Lo mejor que pueda.

Esperaba que ella mostrara algún entusiasmo, que lo bombardeara a preguntas. Para su sorpresa, no dijo nada. Lo que hizo fue dejar de caminar, detenerse delante de él, ponerle las manos en el pecho y mirarle a los ojos.

–¿Y si… y si no es una buena idea?

Salim estuvo a punto de reírse. ¿No se suponía que eso debería decirlo él?

–Sé que te he vuelto loco rogándote que me contaras cosas, pero… pero –Grace sacudió la cabeza–, ya no sé. ¿Y si no quiero escuchar las cosas que vas a decirme?

Grace presentía algo. Y con razón. Él había sido muy esquivo. Eso por sí solo ya era un aviso.

–Algunas no te van a gustar –aseguró con dulzura–. He cometido errores, *habiba*. Errores terribles. Te pido que recuerdes que no soy más que un hombre, y los hombres cometemos errores.

Aquello la hizo sonreír.

–¿Por qué tengo la impresión de que admitir eso te resulta difícil?

Salim también sonrió, le tomó la mano y se pusieron otra vez a caminar. Se dijo a sí mismo que estaba siendo un auténtico cobarde, pero no sabía por dónde empezar. Ni tampoco por dónde acabar. Grace acababa de decirle que tenía miedo de lo que pudiera decirle. Entonces, ¿hasta dónde estaba dispuesta a escuchar? ¿Se suponía que había que decirle a alguien con amnesia todo lo que se le había olvidado? ¿No sería eso perjudicial, sobre todo teniendo en cuenta que esas cosas que no recordaba incluían un delito que supuestamente había cometido? Un delito que Salim estaba ahora seguro de que no había cometido, a pesar de las pruebas que había en su contra.

Pero había creído que sí. Tenía que admitirlo. Y tendría que contarle a Grace el resto, que había ido tras ella para entregarla a la justicia.

No quería pensar en su reacción cuando se enterara de eso. ¡Dios! Tenía que haber una manera de hacerlo. Trató de pensar en algo coherente, pero cuanto más lo intentaba, más imposible le parecía.

«Empieza por el principio», se dijo. Pero, ¿cuál era el principio? ¿Cuando entró a trabajar para él? ¿Cuando empezaron a pasar tiempo juntos en la oficina? ¿La primera vez que hicieron el amor?

¿O fue aquella vez en la que habían discutido por alguna tontería y ella le colgó el teléfono y Salim se dirigió directamente a su apartamento? Cuando Grace le abrió la puerta, él entró, cerró de un portazo y le hizo el amor allí mismo, contra la pared de la entrada. Y cuando Grace todavía se estaba estremeciendo tras el arrebato de pasión, Salim le dijo que no volviera nunca hacerle eso, y ella respondió que haría lo que le placiera y cuando le placiera, que no era de su propiedad y no podía decirle lo que tenía que hacer, y Salim le respondió que más le valía que se fuera acostumbrando a la idea de que le pertenecía a él y sólo a él…

Y así era.

El problema estaba en que él nunca había admitido que le pertenecía a Grace.

¿Habría sido aquella certeza lo que hizo que empezara a alejarse de ella? Salim fue consciente de ello, pero se dijo que era el curso natural de las cosas. Entonces comenzó a planear aquel maldito viaje a California y se dio cuenta de que no quería ir a ningún sitio sin Grace.

Decidió sorprenderla. No le habló a nadie de su cambio de planes. Bueno, a nadie excepto a su nuevo director financiero, Thomas Shipley.

–Necesito la experiencia de la señorita Hudson para una serie de reuniones –le había dicho Salim.

Shipley había sonreído como si supiera de qué iba aquello y dijo que, por supuesto, que la señorita Hudson se había hecho sin duda indispensable.

Salim no entendió entonces que quería decir aquello. No sólo lo que Shipley había dicho, sino el modo en que lo había hecho, con aquella sonrisita.

Entonces Salim pensó en otras cosas.

En cómo había roto sus propias reglas al tener una aventura con una empleada. En lo excitante que había sido tratar con una mujer como ella. En lo que había dicho Shipley: «Sin duda la señorita Hudson se ha hecho indispensable».

Salim cambió de planes. Se fue a la costa sin ella. Sólo la llamó dos veces en toda la semana, no una docena de veces al día como de verdad quería hacer. Y cuando la llamó la última vez y Grace dijo que estaba deseando verle, que había reservado una cabaña en un lago de las montañas Adirondack para que pudieran pasar el fin de semana solos, Salim había dicho que estaba demasiado ocupado para pasar un fin de semana en la montaña y le había colgado el teléfono.

Al día siguiente, tomó el avión de regreso a casa. Y Grace ya no estaba. Grace ni el dinero. Y cuando tuvo que pasar por la humillación de llamar a Shipley para intentar averiguar qué había pasado, llegó la humillación mayor de que Shipley le dijera que hacía varios meses que albergaba sospechas respecto a la señorita Hudson y que le había dado miedo decir nada porque, bueno, todo el mundo estaba al tanto de la relación de la señorita Hudson con él, y ahora se arrepentía de no haber hablado porque diez millones era muchísimo dinero...

Diez millones era muchísimo dinero.

Shipley lo había dicho, Salim podía escucharlo como si fuera ahora. El caso era que lo había dicho antes de que Salim mencionara la cantidad que faltaba.

Miró a Grace, que caminaba a su lado. Deseaba ponerse de rodillas, implorar su perdón, decirle que todo lo que había ocurrido era culpa de él, que había permitido que el orgullo, el ego y el miedo a sus sentimientos destruyeran lo mejor que le había sucedido jamás en la vida.

La pequeña mano de Grace apretó la suya.

–Salim –dijo en medio del silencio–, ¿tan horrible es eso que me vas a contar?

Él se aclaró la garganta.

–Lo que tengo que decirte... es complicado, *habiba*.

–Entonces, ¿por qué no empezamos por algo más simple? Cuéntame, ¿a qué se dedica un jeque?

–Los demás jeques no sé, pero yo tengo una empresa de inversiones. Una parte me pertenece a mí y a mi familia y otra a mi pueblo.

–Tu pueblo –Grace alzó las cejas–. Casi lo olvido. Dijiste que eras un príncipe. Eso suena muy serio.

–Lo es –reconoció Salim, asintiendo.

–¿Tu infancia fue también muy seria? ¿Tutores? ¿Internados? ¿No tuviste tiempo para jugar?

Salim sintió deseos de estrecharla entre sus brazos. Nadie en toda su vida le había preguntado nunca por los efectos de su infancia, ni siquiera su padre, que lo quería con toda su alma pero que lo veía como una vasija que había que llenar con las responsabilidades de Senahdar.

–Fue una infancia muy seria –dijo. Y antes de darse cuenta, le estaba contando todo.

La desagradable batalla entre aquellos que deseaban permanecer en el pasado y los que querían dar un paso hacia el futuro. Aquello había terminado en una guerra. Le habló de su huida al desierto, de la crudeza de la vida allí, de las muertes de su tío y de sus primos antes de que los seguidores leales a su padre recuperaran de nuevo el control. Le habló de su soledad, del miedo, del dolor de un chiquillo que tuvo que enfrentarse demasiado pronto a la realidad del mundo, de cómo cuando llegó a Harvard se dio cuenta de que era un desconocido en tierras extrañas. Le contó cómo había ideado un plan para recabar los fondos que procedían del petróleo de Senahdar y utilizarlos para mejorar la vida de su pueblo.

Y luego guardó silencio, horrorizado por todo lo que había salido de sus labios y reacio a mirar a Grace.

–Oh, Salim –susurró ella. Se puso de puntillas, le sujetó el rostro y, acercándole la boca a la suya, lo besó como nadie lo había besado nunca, con ternura y compasión.

–Eres un hombre maravilloso –aseguró con los ojos llenos de lágrimas–. No me extraña que fueras tan importante para mí.

Grace dejó escapar un profundo suspiro.

–Me importabas muchísimo, ¿verdad?

Salim la agarró de los hombros y la atrajo hacia sí.

–Nos queríamos mucho, *habiba* –dijo con voz grave–, pero yo era demasiado estúpido como para admitirlo.

Grace asintió. Eso era lo que ella sospechaba, que su relación no había estado equilibrada.

–¿Cómo nos conocimos?

Salim la guió hacia la casa. Llevaban un largo rato caminando. Las últimas sombras de la tarde se deslizaban por la tierra; el sol había comenzado su descenso al mar.

–Viniste a trabajar para mí –Salim se llevó su mano a los labios y la besó–. Eras la ayudante de mi director financiero.

–¿Y cómo… cómo empezamos nuestra relación?

–Creo que te deseé desde el primer momento en que te vi –reconoció Salim con una sonrisa–. Y me parece que a ti te pasó lo mismo.

–Tengo un recuerdo vago de mi puesto de trabajo en tu empresa –a Grace se le iluminó el rostro–. ¿Crees que estoy empezando a recuperar la memoria? Quiero decir… estoy recordando cosas lejanas. De cuando era Girl Scout o de cuando trabajaba friendo hamburguesas…

–¿Tú freías hamburguesas?

Ella alzó la vista para mirarlo, riéndose ante su expresión de asombro.

–Creo que sí. ¿No lo sabías?

–No, *habiba* –reconoció Salim, negando con la

cabeza–. La verdad es que nosotros no hablábamos mucho de nuestra vida. Pero te prometo que eso va a cambiar, Grace. Cuando recuperes la memoria, lo compartiremos todo.

Ella dejó escapar un suspiro.

–Confío en recuperarla pronto.

Salim también esperaba que fuera así, pero era lo suficientemente egoísta como para querer decirle todo antes de que eso ocurriera. Quería decirle que se había equivocado respecto a ella, que nunca había sido otra cosa que la mujer maravillosa e increíble de siempre.

Quería decirle que la amaba.

–Creo que la recuperarás –aseguró con dulzura–. Pero no te fuerces, *habiba*. Date tiempo para que regrese lentamente.

–Sí, lo haré. Es que tengo tantas ganas de recordar… –Grace vaciló–. ¿Dónde íbamos cuando el avión tuvo el accidente?

–Regresábamos a Nueva York desde Bali.

–Bali. Eso está muy lejos. ¿Estábamos de vacaciones o era un viaje de negocios?

–Era… un viaje de negocios, *habiba*. Escucha, no creo que debamos seguir forzando tu mente. Hoy hemos hecho ya muchos avances, y tal vez debamos dejar que el resto venga solo.

–No quieres contarme lo demás –dijo Grace mirándole a los ojos.

–No –respondió Salim rápidamente–. No, cielo, sí quiero. Es que… es que… –maldiciéndose por su cobardía, la estrechó contra sí y la besó–. Mi vida estaba vacía hasta que tú entraste en ella –aseguró aspirando con fuerza el aire. Le debía la verdad, pero, ¿qué tenía que decirle antes, que la amaba… o que la había creído capaz de la peor de las falsedades?

–¿Qué ocurrió cuando entré a trabajar contigo? ¿Empezamos a salir enseguida?

–Al principio sólo nos decíamos hola y adiós, sí, por favor y gracias –Salim sonrió–. Los dos éramos muy correctos. Pero tuvimos que quedarnos trabajando alguna que otra noche hasta tarde y en una de esas ocasiones me sorprendí a mí mismo preguntándome si querías quedar conmigo el domingo por la tarde.

–Y por supuesto, dije que sí –Grace sonrió.

Salim también sonrió.

–Bueno, por supuesto, *habiba*. Después de todo soy un jeque.

Grace se rió. Salim la besó y siguieron caminando.

–Te llevé a una galería en el Soho –continuó él sonriendo–. Quería impresionarte con mi faceta cultural.

–¿Y lo conseguiste? –preguntó Grace, alzando la cabeza para mirarlo.

–Yo dije que el artista era impresionante. Tú lo calificaste de increíble. Unas horas más tarde, yo admití que el tipo me resultaba impresionantemente horrible, y tú reconociste que para ti era increíblemente malo.

Salim se ganó una carcajada feliz. Pensó en cómo le gustaba verla reír así.

–¿Qué nos hizo ser sinceros?

Salim se detuvo y la giró hacia él. Le sujetó el rostro con las manos y la besó lenta y profundamente.

–Hicimos el amor –susurró Salim.

–¿En la primera cita? –sonrió ella.

–Y después de eso, cada vez que podíamos. Hacíamos el amor en todas partes, *habiba*. En mi ático. En tu apartamento —otro largo beso—, en la parte de atrás de mi limusina, en mi despacho… hacíamos el amor a todas horas, y nunca teníamos suficiente el uno del otro.

—No —susurró Grace—. No creo que yo nunca pudiera saciarme de ti, Salim. Incluso ahora, después de haber pasado la noche, la mañana y tantas horas en tus brazos, vuelvo a desearte. Quiero que me beses, que me abraces, quiero sentirte dentro…

Salim le tomó la boca en un beso salvaje y ansioso. Grace le rodeó el cuello con los brazos y él la llevó en brazos hasta el pabellón de blancas cortinas situado bajo un par de palmeras altas. Había una tumbona doble; la depositó encima de ella y se colocó a su lado.

—Te amo —dijo Grace—. Sé que te amo… y sé que no debería decirlo, pero te amo, te amo, te amo…

Salim la acalló con otro beso. Luego se apartó lo justo para poder mirarla a los ojos.

—Puedes decirlo —susurró—. Quiero que lo digas, Grace. Porque ésa es la única verdad que cuenta. No importa las demás cosas que pueda decirte. Yo soy tu amor y tú eres el mío. Te adoro, *habiba*. Siempre te adoraré.

La desnudó con exquisita lentitud y luego se quitó él mismo la ropa. Grace le enredó las piernas alrededor de las caderas y Salim entró profundamente en su cuerpo.

En su alma.

En su corazón.

Capítulo 11

GRACE estaba tumbada sobre la arena blanca como el azúcar, apoyada sobre un codo mientras observaba a su amor emergiendo del mar.

El sol brillaba sobre él; las gotas de agua brillaban como pequeñas joyas sobre su cabello oscuro y su cuerpo duro y bronceado. Los labios de Grace se curvaron en una sonrisa.

Era hermoso. Muy hermoso. Los hombros anchos, el pecho y los brazos musculosos, el vientre y las caderas lisas, las fuertes piernas…

Y era suyo.

Salim así se lo había dicho durante todo el día y luego durante otra noche plagada de estrellas, se lo había demostrado con palabras, con sus besos, sus caricias. Aunque no hacía falta que se lo demostrara. Ella lo sentía, lo sabía, lo creía con todo su ser. Aquel hombre fuerte, tierno y maravilloso le pertenecía.

Y ella le pertenecía a él.

Un escalofrío le recorrió el cuerpo al pensarlo.

Todavía no sabía nada de sí misma aparte de lo que Salim le había contado, pero su instinto le decía que no era una mujer que hubiese querido nunca ser de nadie. Sabía de alguna manera que creía en la independencia femenina, en no pertenecer a ningún hombre… y sin embargo, la certeza de ser de Salim la llenaba de alegría.

Pertenecer a él, amarle tanto, era en cierto modo lo que había estado esperando toda su vida.

Salim sonrió al acercarse a ella. A Grace se le alegró el corazón. Salim lo era todo para ella… y sin embargo, un rastro de oscuridad ensombrecía su felicidad. Había algo que todavía no le había explicado. Lo sabía con la misma certeza que sabía que iba a agarrar la toalla, secarse con ella el cabello y el torso y a tumbarse después al lado de ella….

Se equivocó.

Grace dio un grito cuando Salim se tiró a su lado empapado, la agarró y la colocó debajo de él.

–¡Eh! –exclamó tratando de parecer enfadada. Pero le echó los brazos al cuello y le lamió un hombro–. Estás caliente como el sol y salado como el mar. Una combinación muy agradable.

Salim le devolvió el favor y le saboreó dulcemente la boca y el cuello antes de apartarle el bikini y deslizarle la punta de la lengua por el expuesto pezón.

–Delicioso –dijo Salim con voz ronca.

Grace suspiró y cerró los ojos. Todo era perfecto, pensó con indolencia. Todo. El sitio. El sol. El mar. Y el hombre. Sin ninguna duda, el hombre. Estaban atrapados en una isla en mitad del Pacífico Sur sin ninguna forma de contactar con el resto del mundo, ella no recordaba nada y, sin embargo, era feliz. Muy feliz.

«Demasiado feliz», susurró una voz en su interior.

Le había dicho lo mismo antes, en las tempranas horas de la mañana, cuando se había despertado con las suaves caricias de las manos de Salim por su piel ardiente. Pero el deseo y la oscuridad habían ahuyentado aquel deseo. Ahora, bajo la brillante luz del día, la advertencia parecía más siniestra… o tal vez más real.

–¿Por qué estás frunciendo el ceño, *habiba*?

Ella alzó la vista para mirarse en los claros ojos de su amante. Estaba atento a todos sus cambios de humor; Grace no había estado nunca antes con un hombre tan pendiente de sus emociones. Aunque tampoco había estado con muchos hombres. Que ella supiera, sólo había tenido dos novios. Y sí, recordaba sus nombres y sus rostros…

–¿Qué te ocurre, Grace?

–Nada –dijo ella riéndose–. O tal vez algo. No lo sé. Estaba… pensando y de repente recordé.

–¿Qué has recordado? –preguntó Salim poniéndose tenso.

–Nada importante. Dos personas a las que conocí hace tiempo –Grace tragó saliva–. Tal vez… tal vez esté recuperando la memoria. ¿No crees?

«Deja ya de ser un cobarde», se dijo él sentándose y atrayéndola hacia su regazo.

–Sí, *habiba*, seguramente sea así.

Ella asintió, le rozó la boca con la punta de un dedo y se lo deslizó barbilla abajo hasta llegar al pecho.

–¿Y… eso es bueno… o malo?

Ya estaba allí otra vez aquella advertencia. La mente de Grace, su cerebro o tal vez simplemente su instinto, le estaba diciendo que recordar no iba a ser del todo maravilloso. Salim se preguntó qué sería mejor, si que Grace se enterara de golpe de la verdad de su relación, que llevaban varios meses separados, que él la había seguido hasta Bali y le había exigido que volviera con él, que se había negado a llevarla a San Francisco porque estaba decidido a ir con ella a Nueva York para acusarla formalmente de desfalco.

Eso, o que deseaba abrazarla así para siempre. Besarla así. Mirarla a los ojos, permitir que ella le mirara a los suyos mientras le decía que la amaba, que siempre la había amado aunque no se lo había admitido siquiera a sí mismo, que alguien le había tendido una trampa y él había caído, tomándola por una ladrona, una mentirosa, una tramposa…

–Salim.

Él contuvo sus pensamientos. Lo único que importaba era Grace, y no su egoísta esperanza de que llegara a comprenderle. Lo único que podía hacer por ella en aquellos momentos era contarle toda la verdad y rezar para que lo amara lo suficiente como para perdonarle.

–Sí –dijo apartándole un mechón de cabello de los ojos–. Ya he oído lo que me has dicho, cariño –aspiró con fuerza el aire–. Está muy bien que recuperes la memoria. También está un poco mal… no para ti, sino para mí.

–No te entiendo.

–No –Salim trató de sonreír, pero supo por la rigidez de sus labios que no lo había conseguido–. ¿Cómo ibas a entenderme si estos últimos días han sido perfectos? Pero… pero hay algo que debes saber, Grace.

Ella asintió.

–Dime –susurró.

Salim se aclaró la garganta.

–Lo que te he contado sobre nosotros es cierto, *habiba*. Éramos amantes. Pero… pero nuestra relación naufragó hace varios meses.

Salim volvió a aspirar con fuerza el aire.

–Tú me dejaste.

–¿Yo te dejé? –repitió Grace asombrada–. ¿Por qué?

Salim vaciló antes de responder.

—Es complicado, *habiba*.

—¿Fuiste tras de mí?

—No.

Ella abrió los ojos de par en par, como si fuera un cervatillo asustado. Salim le levantó el rostro hacia el suyo.

—Las cosas habían terminado entre nosotros. Tú te fuiste muy lejos. Yo me quedé en Nueva York y no supimos nada el uno del otro hasta que yo me enteré de que vivías en la Costa Oeste, trabajabas en un banco e ibas a asistir a una conferencia en Bali.

Salim estaba hablando muy deprisa, como si así fuera a conseguir que la historia pareciera más simple.

—Yo vivía en San Francisco —dijo Grace muy despacio—. Pero antes de eso, vivía en Manhattan.

—Sí.

—Tenía un apartamento en el centro. Pero tú vivías en la Quinta Avenida. Al otro lado del parque —Grace frunció el ceño—. No vivíamos juntos. Recuerdo que yo deseaba que así fuera, pero nunca me lo pediste.

—No —Dios, aquello era una agonía—. Creí que nosotros éramos... Creí que yo era demasiado independiente como para compartir mi vida con una mujer.

—Conmigo —dijo ella con voz herida. Salim soltó una palabrota, la atrajo hacia sí y la besó—. Era un estúpido, *habiba*. Te amaba, pero era demasiado cobarde como para admitirlo.

La sonrisa de Grace le alegró el alma.

—No puedo imaginarte siendo un cobarde, Salim —su sonrisa se desvaneció entonces—. Pero, ¿por qué te abandoné? ¿Dejé de amarte? —Grace sacudió la cabeza de un lado a otro—. No pude dejar de amarte. Nunca podría.

Salim rezó en silencio para que no se retractara nunca de aquellas palabras.

–No creo que dejaras de amarme. Diablos –admitió con orgullo–, sé que no lo hiciste. Me querías, pero nunca me lo dijiste porque yo dejé muy claro que no quería oírlo.

Salim vaciló. Tenía que contarle el resto, todo ello, pero de un modo que le hiciera comprender que la había amado incluso entonces.

–No sé exactamente por qué te fuiste… No dejaste una nota, ningún tipo de mensaje… pero puedo imaginar la razón, *habiba*. Verás, yo estaba de viaje de negocios. Tendría que haberte llevado conmigo, pero no lo hice. Tampoco te llamé mientras estuve fuera, aunque mi corazón me pedía que lo hiciera. Y cuando por fin lo hice, tú me dijiste que me echabas de menos. Y me hablaste del maravilloso regalo que habías pensado para nosotros.

A Salim se le quebró la voz.

–Y Dios, yo lo rechacé. Fui frío y cruel y…

Algo parecido a un trueno ahogó sus palabras. Ambos levantaron la cabeza; un helicóptero rugía por encima de ellos. El sonido de sus rotores llenaba el cielo de ruido. Su silueta proyectaba una sombra sobre ellos y sobre la blanca arena. Observaron cómo se dirigía hacia las palmeras que había detrás de la playa y descendía. Desapareció de su vista, el sonido de sus motores se desvaneció, y el silencio volvió a inundar la isla.

«No», pensó Salim desesperado. «Todavía no». Era demasiado pronto…

–Nos han encontrado –dijo Grace en voz baja.

Sus miradas se cruzaron, pero no reflejaban alegría sino inquietud.

Salim asintió. Se levantó y ayudó a Grace a ponerse de pie. Ella seguía mirándole fijamente. Grace se estremeció a pesar del calor tropical y Salim agarró una de las gigantescas toallas de playa, le sacudió la arena y se la pasó por los hombros. Luego se ató una a la cintura.

–Hay más cosas que contar –dijo en voz baja.

–Sí, que finalmente viniste a buscarme. A Bali. Y por eso estábamos en ese avión. Me ibas a llevar a casa contigo.

Sus palabras sonaron precipitadas y desesperadas, y todo en su interior deseó decirle que sí, que eso era lo que había sucedido… pero no era el momento de mentir.

–Fui a Bali a buscarte, *habiba*. Y a llevarte de regreso a Nueva York. Pero, ¿recuerdas lo que te dije? –la atrajo hacia sí–. Te dije que una parte de lo que iba a contarte estaba bien, y otra mal.

–¿Y ahora viene la parte mala? –preguntó Grace.

Salim asintió.

–Así es, *habiba*. Te ruego que escuches con la mente abierta y recuerdes lo que hemos compartido estos últimos días.

Ella alzó la mano para tocarle, vaciló y la retiró.

–Lo haré –dijo. Pero había duda en su voz.

A Salim le dolió escucharlo. Maldijo su propia cobardía, su egoísmo. Tendría que haberle dicho todo la noche anterior, cuando la tenía entre los brazos, mientras sus cuerpos estaban todavía unidos.

–¡Jeque Salim! ¡Eh, Alteza!

Salim se dio la vuelta. Jack y otro hombre, uno que le resultaba muy familiar, corrían hacia ellos. Él atrajo a Grace hacia sí en gesto protector.

–Señor –Jack sonrió de oreja a oreja cuando él y el otro hombre llegaron a su altura–, el satélite de comunicaciones funciona desde esta madrugada. He contactado con sir Edward y con la gente de Senah-dar. Me puse en contacto con Palacio.

Salim saludó con una inclinación de cabeza al hombre que estaba al lado de Jack y le tendió la mano.

–Kareem –le dijo al primer ministro de su padre. El ministro ignoró la mano y cayó de rodillas.

–¡Mi señor, creíamos que le habíamos perdido en el mar!

–Por favor, levántate Kareem –Salim le tocó en el hombro–. No tienes que inclinarte ante mí. Ya ves que estoy bien.

Kareem se levantó, sonrió a su príncipe… y miró a Grace. Su expresión pasó de la alegría a la furia. Ella se lo quedó mirando sin entender nada. ¿Qué había hecho para provocar tanta ira?

–Y ésta es la mujer que hubiera deseado que se ahogara –dijo el primer ministro con frialdad.

–¡Kareem! Ya hablaremos de esto más tarde.

–Una ladrona –gruñó el primer ministro–. Una desfalcadora. La mujer que le robó a usted y a su pueblo.

–Kareem –bramó Salim–. Vuelve a la casa. La señorita Hudson y yo…

Grace dejó escapar un grito agudo mientras se libraba de los brazos de Salim.

–Lo recuerdo –aseguró–. Lo recuerdo todo. Cómo dejaste claro que estabas cansado de mí. Cómo te dejé, y no digas que no te escribí una nota. Sí lo hice. Te mandé un correo electrónico. Te dije porqué me marchaba y dónde iba a estar.

–Grace, mi amor…

Salim intentó abrazarla, pero ella se zafó. Jack se aclaró la garganta; el primer ministro gruñó con rabia y Salim se dio la vuelta hacia él con el rostro encendido de furia.

–Si no te has marchado la próxima vez que me de la vuelta –dijo con una voz que Grace no le había oído jamás–, arrojaré tu cuerpo a los tiburones.

El hombre se marchó, y Jack le siguió. Salim aspiró con fuerza el aire y se giró hacia Grace.

–*Habiba*, te lo suplico. Deja que te explique…

–No hay nada que explicar, Alteza –a Grace le temblaba la voz, pero se mantuvo erguida y firme–. O más bien debería decir que no tienes modo de salir de ésta –se acercó a él y le clavó los ojos fríos–. Fui un juguete del que te cansaste. Me marché confiando en que vendrías detrás de mí, pero no lo hiciste.

–Grace. *Habiba*. Estos últimos días…

–¡No me llames *habiba*, arrogante y egoísta malnacido! –Grace se acercó todavía más con la barbilla alzada, y la voz temblando de rabia–. Estos últimos días han sido un sueño para un hombre como tú. Una mujer dispuesta. Sexo sin tapujos. Sexo, sexo y más sexo.

Las lágrimas resbalaron por los ojos de Grace; Salim trató de acercarse, pero ella le empujó con todas sus fuerzas.

–Lo recuerdo todo, Salim… incluida la razón por la que estaba en tu avión. Me ibas a llevar a Nueva York para poder enviarme a prisión.

–Grace, Grace, escúchame…

–Dijiste que era una ladrona. Que te había robado tu dinero. Que era una desfalcadora.

Grace jadeaba de ira. Aquel hombre le había roto el corazón no una vez ni dos, sino tres. ¿Cómo podía haber pensado que lo amaba? ¿Cómo?

–*Habiba*, ¿qué puedo hacer para cambiar esto?

Qué típico. Él era quien tenía poder. Una palabra o un gesto y podía conseguir cualquier cosa que deseara. Pero esa vez no sería así, pensó Grace.

–Si tienes algo de decencia –dijo en tono neutral–, me llevarás de regreso a Nueva York y no volverás a verme jamás.

–Grace –dijo Salim tratando de abrazarla.

Ella dio un paso atrás.

–No quiero que me toques –aseguró–. ¿Lo comprendes? Tu contacto me hace sentir sucia.

Grace se giró sobre los talones y se alejó de él. Lo único que pudo hacer Salim fue quedarse mirándola. Aquel caminar orgulloso. Grace lo odiaba. Lo despreciaba. La había perdido para siempre, y él era el único culpable.

Esperó mucho, mucho tiempo. Esperó a que el sol volviera a ocultarse en el mar. Luego entró en la casa en la que tan feliz había sido, le dijo al piloto del helicóptero que preparara el aparato para despegar y le pidió a Jack que acompañara a la señorita Hudson al helipuerto.

Unas horas más tarde, estaban en Tokio.

Arregló el vuelo de Grace a San Francisco. Se lo debía.

En cuanto a él… lo que merecía era lo que iba a tener a partir de ahora.

Una vida entera llena de vacío y desesperación.

Capítulo 12

Nueva York en junio

A Salim siempre la había parecido el mejor mes de la ciudad. Días cálidos y noches frescas. Pero mientras los primeros días de verano se apoderaban de Manhattan, él apenas era consciente de ello. Estaba ocupado, demasiado ocupado para fijarse en esas tonterías. Estaba negociando la compra de un banco de Abu Dabi.

Salim se vistió para la cena de negocios que tenía. Le resultaba difícil encontrar tiempo durante el día para ocuparse de sus deberes empresariales, entre ellos la contratación de un nuevo director financiero para sustituir a Shipley, que se enfrentaba a varios años de prisión. Había sido muy sencillo demostrar su culpabilidad en cuanto todo el mundo dejó de mirar en la dirección equivocada. Shipley tenía el instinto de un ladrón; en cuanto se dio cuenta de la relación que estaba iniciándose entre Salim y Grace, vio una oportunidad de oro y comenzó a planear la manera de utilizar su conocimiento para llevar a cabo lo que le parecía el robo perfecto.

Tuvo paciencia y se tomó su tiempo antes de insinuarle a Grace que iban a despedirla. Por suerte para él, ella ya había empezado a notar un cambio en Salim.

La parte final del plan incluía una habilidad que

no tenía nada que ver con las finanzas. Shipley era un mago de la informática. Llevaba un tiempo pirateando los correos electrónicos.

La noche que Grace se marchó de Nueva York envió dos correos: Uno a Shipley diciéndole que se iba y otro a Salim contándole que se marchaba porque sabía que él ya no la quería en su vida.

Le he enviado un correo electrónico al jeque informándole de mi decisión, escribió Grace en el que le escribió a Shipley. Cuando el director financiero leyó aquellas palabras, vio el cielo abierto.

Entró en el sistema para borrar el correo que Grace le había enviado, encontró el que le había mandado a Salim y lo borró también.

Luego, se apoderó a través del ordenador de los diez millones de dólares, se sentó… y esperó.

Pero su plan había sido como una madeja de lana. En cuanto los investigadores de Salim encontraron un hilo y tiraron de él, todo se deshizo.

En cuanto a Grace… Salim respiró profundamente mientras se hacía el nudo de la corbata.

Nunca se perdonaría a sí mismo el haberla considerado culpable. Había hecho todo lo posible para arreglarlo: un par de llamadas discretas a antiguos compañeros de la universidad en la costa y James Lipton se había encontrado de pronto sin empleo y sin ningún proyecto de futuro.

Otra llamada a un amigo que poseía una empresa de inversiones en San Francisco le había asegurado a Grace una vicepresidencia, aunque ella nunca sabría que Salim había tenido algo que ver.

¿Lo demás? Aquellos días en la isla, la pasión, el placer…

Salim se ajustó la corbata y fue en busca de la chaqueta azul oscuro de su traje.

Sexo. Un sexo increíble aumentado por lo cerca que habían estado de la muerte y la belleza exuberante de aquel paraíso tropical. ¿Qué hombre o qué mujer podrían resistirse a semejante reclamo?

Pero ¿amor? Salim frunció el ceño mientras se miraba fugazmente en el espejo del recibidor.

No. No había sido amor. De hecho, él había estado en lo cierto desde el principio. Su aventura había seguido el cauce habitual. Tal vez debería haber dejado las cosas más claras todos aquellos meses atrás. Antes siempre terminaba sus aventuras con un distanciamiento gradual y luego algo de Cartier o de Tiffany, pero su instinto había acertado. Grace era brillante y hermosa, pero había llegado el momento de poner fin a la situación. Estaba dispuesto a admitir que no se había comportado de manera adecuada, pero nada más.

Salim se dirigió hacia el ascensor de su apartamento.

El móvil le sonó en cuanto entró. Comprobó el número en la pantalla y sonrió. Era una llamada de su viejo amigo Khalil.

—Hola, desconocido —bromeó Salim—. Creí que habías olvidado mi número.

—Lo mismo te digo, viejo amigo. No habíamos vuelto a hablar desde que regresaste de entre los muertos. ¿Cómo te va?

—Bien, muy bien. Aunque estoy muy ocupado, ya sabes.

—Eso he oído. Trabajo, trabajo y trabajo. De eso precisamente estábamos hablando Tariq y yo, de cómo te has vuelto de repente un adicto al trabajo total. No tuviste tiempo de reunirte en Londres con nosotros el mes pasado ni de volar a Aruba hace dos semanas, a pesar de las invitaciones de plata y oro que te enviamos.

Salim se rió. En ambos casos, las invitaciones habían sido correos electrónicos que decían básicamente algo así como: *Estamos aquí, ya sabemos que no eres un cadáver en el fondo del Pacífico, así que, ¿dónde diablos estás?*

–Londres es muy húmedo en primavera –aseguró Salim saliendo del ascensor y saludando al conserje con la cabeza–. En cuanto a las islas... ya he tenido mi ración de trozo de tierra rodeado de agua para una buena temporada.

–No lo dirás en serio...

–Absolutamente –Salim le dio las gracias al portero y se dirigió a toda prisa al Porsche deportivo que el encargado del aparcamiento le había dejado en la entrada–. Nada de islas durante los próximos meses.

–Vaya, es una lástima. Tariq y yo hemos estado mirando terrenos en el Caribe. Pensamos que podíamos comprar una isla entre los tres.

–Acabamos de comprar terrenos en Colorado.

–Sí. Para esquiar. Pero esto sería...

–Esto es como intentar venderle nieve a un oso polar –aseguró Salim mientras se colocaba tras el volante del Porsche y se ponía en marcha–. ¿No has oído lo que he dicho antes? Nada de islas para mí.

–Imagínatelo, ¿de acuerdo? Colinas verdes. Playas de arena blanca. Agua azul, palmeras verdes...

Una imagen surgió ante Salim. Una mujer riéndose con él. Una mujer de melena leonina y salvaje.

–No –dijo con sequedad–. Gracias, pero no me interesa.

Se hizo el silencio durante un instante.

–Vista una isla, vistas todas, ¿verdad?

–Algo parecido.

–¿O es la idea de las mujeres y los niños? ¿Demasiada vida hogareña incluso para una isla con las dimensiones que estamos mirando?

–No –volvió a decir Salim–. No es nada de eso. Los hombres desean esas cosas.

–¿Una esposa e hijos?

–Los hombres buscan eso, están en su derecho. Yo me quedo con la vida que he estado llevando. La vida que vosotros dos habéis olvidado. Ya sabes. Libertad. Independencia.

–Y un desfile de chicas guapas.

–Exacto.

Era mentira. Hacía meses que no buscaba a ninguna mujer. Estaba demasiado ocupado, ésa era la razón.

–Mira, me encantaría seguir hablando, pero tengo una cita.

–¿Una cita amorosa? ¿Con la dama que naufragó contigo?

–No.

–¿No estáis juntos?

–No. ¿Por qué deberíamos estarlo?

–Bueno, ¿no erais pareja el año pasado? Tariq y yo nos imaginamos que, teniendo en cuenta que naufragasteis juntos…

–Habéis imaginado mal –le atajó Salim.

–Sí, de acuerdo, no me cortes la cabeza. Sólo me parecía lógico que…

–Tengo que irme, Khalil. Ya te he dicho que tengo una reuni… tengo una cita.

–¿Y por qué no te reúnes con nosotros a tomar una copa en lugar de ir a esa cita?

–¿Dónde estáis?

–En Nueva York –dijo otra voz.

–¿Tariq?

–El mismo que viste y calza.

Salim se detuvo en un semáforo en rojo y comprobó el letrero de la calle. Estaba a una manzana del restaurante donde iba a tener lugar la reunión.

–¿Por qué no me dijisteis que ibais a venir? Habría reservado la noche para estar libre.

–Ninguno de los dos lo supimos hasta el último minuto. ¿Qué te parecen veinte minutos?

–¿Para qué?

–Para librarte de tu cita y venir a ese encantador lugar de Chelsea. Ya sabes cuál es.

–No puedo cancelar la cita en el último segundo.

–No, claro, no puedes. No puedes hacerlo para sí poder ver a dos viejos amigos que hace… ¿cuánto, seis, siete meses que no ves? Es perfectamente comprensible. ¿Cómo puede ser una cita con una mujer más importante que nosotros dos? –el tono de Tariq se volvió más burlón–. A menos, por supuesto, que se trate de una dama especial.

Su contable no era precisamente especial. Aunque lo hubiera sido, tendría preferencia reunirse con sus amigos.

–Veinte minutos –dijo Salim. Y colgó.

No tardó nada en contactar con su contable, ofrecerle sus disculpas y asegurarle que su secretaria concertaría otra cita con ella. Aunque hubiera tenido una cita, no le habría llevado más tiempo. Se llamaba a la floristería y se le enviaba a la mujer en cuestión tres o cuatro docenas de rosas, y la dama en cuestión se aplacaba.

Siempre sucedía así.

Todavía no había salido con una mujer que no se rindiera ante una disculpa siempre y cuando fuera acompañada de un regalo elegante.

Excepto, por supuesto, Grace.

De acuerdo. Salim no se había limitado a subirla

a aquel avión en Tokio rumbo a casa para olvidarse luego de ella. Había sido tan idiota, que le había enviado flores. Docenas y docenas de flores. Y bombones. Hechos a mano y elegantemente envueltos. Cajas y cajas de ellos.

Y había recibido notas de las salas infantiles de dos hospitales diferentes de San Francisco dándole las gracias por sus magníficos regalos.

«Tenemos flores suficientes para alegrar las habitaciones de todos los niños», decían las notas. «Y a nuestro personal le han encantado los bombones». La pulsera de brillantes le valió una nota todavía más efusiva de un hogar de jubilados.

«Qué magnífico regalo», decía. «La hemos subastado. Los beneficios irán a parar íntegramente a reformar la zona recreativa».

Entonces fue cuando se enfrentó a la realidad.

¿Por qué hacerle regalos a una mujer que iba a regalarlos a su vez?

¿Para qué darle nada cuando ella no tenía sitio para él en su vida?

Y sobre todo, ¿por qué no hacer frente a la realidad?

El idilio de la isla no había sido más que una fantasía.

Fin de la historia, fin de la estupidez.

Hora de volver a la vida real.

Sus amigos lo esperaban al fondo de una pequeña y oscura taberna.

No era el lugar en el que uno esperaría encontrar a tres jeques millonarios, y por eso siempre les había gustado.

Tariq y Khalil se levantaron cuando lo vieron

acercarse a su mesa. Se estrecharon la mano, golpecitos en la espalda y finalmente la clase de abrazos que se daban los hombres que eran más hermanos que amigos.

–Hemos pedido por ti –anunció Tariq–. Un buen filete. Patatas al horno. Ensalada verde. Cerveza.

–Excelente. Cielos, es estupendo volver a veros a los dos. Teníais razón, hacía muchos meses.

–Meses ocupados –dijo Khalil.

–Productivos –añadió Tariq.

Sus dos amigos se sonrieron. Salim se recostó mientras la camarera le ponía delante un botellín de cerveza helada. Salim les preguntó por qué estaban tan contentos.

–Los dos vamos a tener hijos. Tariq el segundo, yo el primero.

–Felicidades –dijo Salim alzando la botella y sonriendo–. Vosotros no perdéis el tiempo.

–La vida es muy corta. Es un error perder el tiempo –aseguró Tariq.

Salim y Khalil asintieron. Sabían que estaba pensando en su hermano, que había muerto en un accidente unos años atrás. Se quedaron en silencio unos segundos y luego Khalil se aclaró la garganta.

–Bueno, ¿se puede saber qué te ocurrió? Tuviste mucha suerte de salir vivo. Tú y esa mujer… ¿llegamos a conocerla?

–No.

–Pero fue tu amante durante varios meses… ¿Cómo se llamaba?

–Grace –dijo Salim llevándose la botella a los labios–. Grace Hudson. ¿Podemos hablar de otra cosa?

Sus amigos intercambiaron una mirada cómplice. Algo estaba sucediendo.

Tariq y Khalil estaban de acuerdo en eso. Ambos

habían hablado con Salim justo después del accidente, y ambos habían tenido la misma impresión. Salim había sobrevivido al accidente, se encontraba bien, pero en cuanto le preguntaban por Grace Hudson, siempre decía lo mismo: «¿podemos hablar de otra cosa?»

Podían, pero no querían.

Sus preguntas respecto a Grace no habían sido tan casuales como parecía. Lo que iba mal tenía sin duda algo que ver con ella, y las esposas de Tariq y Khalil, que se habían hecho buenas amigas, les habían dicho que tenían que intervenir.

Salim se había refugiado en el trabajo. Siempre había trabajado duro, igual que todos, pero también se divertía. Ya no. No se habían creído ni por un momento que aquella noche tuviera una cita. Parecía un monje que hubiera renunciado a las mujeres.

Tariq alzó las cejas y miró a Khalil. Khalil torció el gesto y señaló a Salim con la cabeza.

–¿Vais a decirme de una vez qué está pasando aquí? –preguntó él.

Se hizo el silencio.

Salim, que los conocía como a sí mismo, se reclinó, bebió de su cerveza y se cruzó de brazos.

–De acuerdo, vamos allá. ¿Qué estáis haciendo en Nueva York?

–Hemos venido de… negocios.

–Sí, seguro –Salim apretó los labios–. Hace que somos amigos el suficiente tiempo como para que os andéis con indirectas. ¿Por qué estáis aquí?

Entonces se lo contaron. Con frases cortas y sucintas. Le dijeron que no había vuelto a ser el mismo desde el accidente. No, eso no era del todo correcto. No había vuelto a ser el mismo desde aquel viaje de negocios a la costa el año anterior, o tal vez desde que rompiera con Grace Hudson por esas fechas.

Así que, ¿quién era aquella mujer y cómo había conseguido volverle la cabeza del revés?

—De acuerdo —dijo Salim con voz tirante—. ¿Queréis saber toda la historia? Pues aquí la tenéis.

Comenzó contándoles su aventura inicial con Grace. Les contó cómo le había dejado y su participación en ello. Lo del desfalco de los diez millones. Cómo la había seguido hasta Bali, obligándola prácticamente a subirse a su avión, el accidente, la amnesia de Grace, su creciente certeza de que no le había robado ni un centavo.

—Y entonces me di cuenta de la realidad —su voz se convirtió en un gruñido. Tariq y Khalil tuvieron que echarse hacia delante pare escucharle—. La amaba. Siempre la había amado. Diablos la adoraba —aseguró mirando a sus amigos—. Todavía la adoro.

Ninguno de ellos habló. Entonces, Tariq se aclaró la garganta.

—Bien, entonces, ¿dónde está el problema? Si tú la amas…

—Ella me odia —dijo Salim con aspereza—. ¿Por qué no iba a hacerlo? En lugar de confiar en mi instinto, me precipité al juzgarla.

—Sí, pero ella no te dio muchas opciones —aseguró Khalil con sensatez—. Quiero decir que tu reacción fue lógica, Salim. Ella se marchó, el dinero había desaparecido…

—¿No has oído lo que te he dicho? La amo. La he amado desde el principio. Si lo hubiera admitido, si no hubiera sido tan arrogante…

Khalil abrió la boca para decir algo. Tariq sacudió la cabeza. Era imposible utilizar la razón para hablar con un hombre que estaba enamorado, ellos lo sabían muy bien.

–¿Has intentado volver a hablar con ella? –preguntó Tariq con suavidad.

Salim soltó una carcajada amarga.

–Debo haberle dejado una docena de mensajes en su buzón de voz.

–¿Flores? ¿Bombones? ¿Joyas?

–Sí, sí y sí. Lo regaló todo. Debí imaginar que sería así. En el pasado, nunca quiso las cosas que le compraba –Salim agarró la botella de cerveza con las manos–. No le interesan mucho las cosas materiales.

Ellos lo entendieron. Sus esposas tampoco eran así.

–Pero le encantó lo que le di cuando estuvimos en la isla. Bueno, lo que ella dijo que le había regalado. Un cielo lleno de estrellas fugaces –Salim se calló de pronto. El rostro se le había iluminado por la esperanza–. ¡Estrellas! –exclamó–. ¡Maldita sea, estrellas!

Se puso de pie al instante. Rodeó la mesa mientras Khalil y Tariq se levantaban de las sillas.

–Gracias –les dijo con entusiasmo.

Ellos se miraron el uno al otro y luego a Salim.

–¿Gracias por qué? –preguntó Tariq.

Salim sonrió de oreja a oreja. Sujetó el rostro de los dos hombres y les plantó un beso a cada uno en la frente.

Luego salió corriendo por la puerta.

¿Por qué querría alguien vivir en San Francisco?

Hubo un tiempo en el que era lo que Grace quiso hacer. Pero ahora que aquella ciudad era su hogar, no se le ocurría ninguna razón para estar contenta por ello.

Era mediados de junio y allí estaba ella, embutida en una gabardina mientras caminaba penosamente por una colina tras haberle dicho absurdamente al chófer que era tarde y que ya no lo necesitaba más por aquella noche.

El viento que soplaba desde la bahía resultaba húmedo y frío, y así estaba también ella. Lo cierto era que últimamente nunca entraba en calor. ¿Cómo iba a hacerlo, si el tiempo era tan horrible y ella trabajaba tanto que no tenía tiempo para pensar?

Mentira.

Tenía tiempo de sobra para pensar.

Noches interminables en las que permanecía despierta pensando en lo que le había sucedido, en lo que le habían hecho dos hombres: uno de ellos la había hecho pasar por una ladrona y el otro la había herido tan profundamente que ahora entendía lo que significaba tener el corazón roto.

Al menos Shipley estaba pagando por lo que le había hecho. Estaba en la cárcel, y allí permanecería una buena temporada.

Salim no estaba pagando nada. Los hombres como él nunca pagaban. Seguiría por la vida consiguiendo todo lo que se le antojara y, en las escasas ocasiones en las que no lo consiguiera, se sentiría completamente desconcertado.

Aquellos regalos que le había enviado. Los mensajes de voz. Aunque no los había oído enteros. Los borraba nada más escuchar su voz.

Salim ya era historia, como solía decirse. Había llegado el momento de seguir adelante.

Su apartamento estaba situado en el segundo piso de una mansión victoriana al lado de Telegraph Hill. Buscó la llave en el bolso, abrió la puerta de entrada, subió los escalones que llevaban a su casa...

Y se quedó paralizada.

Había una caja en el felpudo de la puerta de entrada.

No. Otra vez no. Salim había renunciado a tratar de comprarla para que volviera a su cama; hacía semanas que no le llegaban flores, chocolates y pulseras tan bonitas que le cortaban la respiración...

La caja no tenía por que venir de él. De hecho, no podía ser. Todo lo que Salim le había enviado le había llegado por mensajero. Aquel paquete debía de estar ahí por error.

Grace puso los ojos en blanco, agarró la caja, metió la llave en la cerradura y abrió la puerta.

—Por el amor de Dios —dijo en voz alta—. Abre la maldita caja, mira lo que hay dentro, y si es de Salim, piensa a qué institución benéfica se la vas a regalar.

Grace se quitó el abrigo. Lo dejó sobre una silla. Se sentó en el sofá, abrió el sencillo envoltorio marrón del paquete y dejó al descubierto una sencilla caja blanca cuadrada. Sin lazos de seda ni papel dorado. Sólo una caja.

—Es sólo una caja, *habiba*.

Ella alzó la cabeza rápidamente. Salim estaba de pie en el umbral de la puerta, alto y guapo como aparecía en sus sueños. Y como en sus sueños, a Grace se le aceleró ahora también el corazón, y...

¡Basta!

Salim no significaba nada para ella. Tenía que recordarlo, se dijo mientras se ponía de pie con la caja en las manos.

—¿Qué estás haciendo aquí?

—He venido a verte —dijo él con calma—. A hablar contigo.

—Bueno, ya me has visto. Y ya me has hablado

–dijo ofreciéndole la caja–. Así que toma tu… lo que sea y márchate.

Salim no se movió. Lo que hizo fue cerrar la puerta y acercarse despacio a ella. Grace sintió deseos de darse la vuelta y salir corriendo. Salim no le haría ningún daño físico, eso lo sabía. Pero si la tocaba… si la tocaba, le golpearía. Dios sabía que había pensado mucho en ello, que se arrepentía de no haberlo hecho aquel día, aquel espantoso día en el que Grace recordó finalmente lo que Salim le había hecho, cómo la había apartado de sí antes de aquel viaje a la costa, cómo había rechazado su sencilla oferta de pasar el fin de semana solos…

Cómo había estado dispuesto a creer sin vacilar que era una ladrona.

–Grace –le dijo él con dulzura.

Ella reprimió un gemido porque ahora, al tenerlo tan cerca, con sus ojos claros clavados en su rostro, supo que no quería que se fuera. Quería lanzarse a sus brazos, preguntarle si era verdad lo que le había dicho en la isla, si era verdad que la amaba, que siempre la amaría…

–Grace, sé que no merezco una segunda oportunidad, pero… ¿querrías hacer algo por mí, *habiba*? ¿Querrías abrir la caja?

–¿Para qué? –contestó ella maldiciéndose por el temblor de voz–. No me interesa lo que pueda haber dentro, por mucho que te haya costado.

Salim se moría por tocarla, pero sabía que sería un error. Tenía que conseguir que ella quisiera. Si no… si no estaba perdido.

–Ábrela, *habiba*. Y si de verdad no quieres lo que hay dentro, me marcharé y viviré el resto de mi vida con el corazón vacío. Con el corazón roto –se corrigió–. Pero si esa es tu decisión, la respetaré.

–Palabras –dijo Grace mirando hacia otro lado, porque mirarle le hacía daño. Le temblaban las manos cuando levantó la tapa de la caja y sacó el papel blanco que había dentro–. Nada más que palabras. Eso se te da bien. Y también decir mentiras. Decir lo que crees que quiero escuchar, lo que…

Grace se quedó mirando el objeto que había dentro de la caja. Era una bola de cristal. Una bola con nieve. Un juguete infantil.

No, pensó levantándolo. No era un juguete. Era algo mucho más hermoso.

La bola encerraba una miniatura perfecta de la isla en la que habían pasado aquellos días perfectos. Una casa que era una réplica de la que daba al mar. Una loma que daba a las palmeras que bordeaban la arena blanca. Y más allá, el brillo del mar azul.

Una de las partes de la bola era de un negro sedoso y tenía una luna redonda.

Grace alzó la vista, maravillada.

–Es la isla.

–Ahí fuimos felices, *habiba* –aseguró Salim con dulzura. Había salvado el breve espacio que los separaba; si ella levantaba la mano, podría tocarle–. Fuimos felices y estábamos profundamente enamorados.

–Era atracción física –dijo Grace tratando de que pareciera que no le importaba. Pero le importaba, y mucho.

Curvó las manos alrededor de la bola. Salim le puso las suyas encima.

–Agita la bola –susurró. Los ojos de Grace se posaron en los suyos y él sonrió–. Agítala, *habiba*, por favor.

Salim dejó caer las manos. Ella levantó la bola lentamente y la agitó, y su suave grito de maravillada sorpresa atravesó el corazón de Salim.

Lo que parecían un millón de pequeños diamantes caían del cielo negro de seda para ir a parar al
mar azul.

–Oh –Grace alzó sus ojos maravillados–. Oh, Salim...

–Un cielo repleto de estrellas fugaces, amor mío.
¿Recuerdas aquella noche, cómo hicimos el amor?
–le tomó el rostro entre las manos–. *Habiba*, nunca
más volveré a mirar el cielo de la noche sin recordar
cuánto te amo.

–Salim –las lágrimas resbalaron por el rostro de
Grace–. Salim, ¿cómo pudiste creer que yo te había
robado?

–Un hombre decidido a permanecer ciego ante el
amor es capaz de grandes estupideces, cariño.

–Yo te amaba. Con todo mi corazón. Siempre
supe que tú no me amabas a mí y creí que podría vivir con eso, pero entonces tú cambiaste, comenzaste
a tratarme como si estuvieras cansado de mí. Y luego
te fuiste a California.

Salim le quitó la bola de las manos y la dejó a un
lado.

–Te amo –dijo con tosquedad–. Te adoro. Por favor, Grace, entrégame tu corazón como yo te entrego
el mío.

Ella lo miró a los ojos. Salim contuvo el aliento.
Y entonces Grace suspiró.

–Yo también tuve la culpa –dijo con suavidad.

–No. Fui yo quien...

Grace le posó suavemente un dedo en los labios.

–No debería haber huido, Salim. Tendría que haber esperado a que volvieras a casa y enfrentarme
entonces a ti, preguntarte si estabas cansado de nuestra relación. Pero me comporté como una niña y salí
corriendo. Es que te amaba tanto, tanto...

–¿Puedes volver a amarme, *habiba*?

Los labios de Grace se curvaron en una sonrisa.

–Nunca he dejado de amarte –susurró.

Salim inclinó la cabeza y la besó. Ella le rodeó el cuello con los brazos y lo besó a su vez. Cuando terminaron de besarse, Salim le sujetó el rostro con las manos.

–Quiero pasar contigo todos los días y todas las noches de mi vida –aseguró con dulzura.

Grace se rió.

–¿Eso es una declaración, Alteza?

–Es una orden –afirmó Salim con su voz más imperativa–. Te casarás conmigo y serás mi amor para siempre, o…

–¿O?

–O se me romperá sin duda el corazón.

–Eso nunca –susurró Grace–. No volveremos a rompernos el uno al otro el corazón nunca más, amor mío. Nunca.

–Nunca –repitió Salim. Agarró a Grace en brazos, la llevó al dormitorio y sellaron sus votos en medio de la maravilla de sentirse unidos no sólo por la pasión, sino también por el amor.

Epílogo

SE casaron dos semanas más tarde, en la hermosa playa de la isla de Dilarang. La boda tuvo lugar al anochecer. Unas antorchas brillaban con fuerza bajo el oscuro cielo.

Sir Edward Brompton dijo que estaba encantado de que su isla hubiera hecho el papel de Cupido; su mujer, su hija pequeña y él fueron los invitados de honor. Tariq y Khalil ejercieron de padrinos de Salim. Sus esposas, Layla y Madison, se mostraron encantadas de hacer de damas de honor de Grace. Dijeron que sentían como si la conocieran de toda la vida, y Grace se rió mientras lloraba de felicidad y les aseguraba que a ella le pasaba lo mismo.

Grace llevaba puesto un vestido largo blanco de encaje y seda hecho a mano en París. Su melena le caía suelta por los hombros desnudos. Llevaba un ramo de orquídeas blancas y rosas del jardín de la mansión. Salim iba vestido con una chaqueta de gala negra, camisa blanca y pantalones oscuros.

Los dos iban descalzos.

Salim le había asegurado a su novia que podría tener la boda que quisiera, y Grace optó por una sencilla y encantadora ceremonia en la que ambos leyeron los votos que ellos mismos habían escrito.

Cuando terminó la ceremonia, el hijo pequeño de

Tariq se sentó en la playa con la hija de Brompton para hacer castillos de arena bajo la atenta y sonriente mirada de sus padres.

El pequeño grupo de invitados, que incluía al padre de Salim y a su primer ministro, cenó champán y langosta. Un cuarteto de músicos descalzos pero vestidos con esmoquin tocó hasta la medianoche, cuando los felices y agotados invitados se dirigieron en tropel a sus habitaciones en la mansión.

Por supuesto, los niños se habían retirado hacía tiempo.

Grace y Salim se quedaron en la suite en la que finalmente se habían confesado su amor. Pero en el momento más oscuro de la noche salieron a hurtadillas, se subieron al jeep y condujeron hasta la cascada en la que habían estado a punto de hacer el amor meses atrás.

Grace llevaba puesto un sari y se había colocado en el cabello flores de su ramo de novia. Salim llevaba unos vaqueros caídos. En cuanto a la cascada… estaba bañada por la luz de la luna.

Hicieron el amor. Tiernamente. Apasionadamente. Después, cuando Grace se quedó en brazos de Salim, una luz brillante cruzó el cielo oscuro de seda.

–Mira –dijo Grace emocionada–. ¡Una estrella fugaz!

Se colocó encima de su esposo, le rodeó el cuello con las manos y batió las pestañas.

–¿Lo has arreglado para que esto ocurriera, jeque mío?

Salim sonrió.

–Hay ciertas cosas sobre las que no puedo atribuirme el mérito, *habiba* –su sonrisa se desvaneció y la besó lenta y profundamente–. Como encontrarte.

Grace acarició el rostro de Salim.

–Te amo –susurró–. Siempre te amaré, Salim. Siempre.

Salim la besó y más estrellas surcaron el cielo.

¿Quién podría culpar a los amantes por pensar que el universo les sonreía complacido?

Bianca™

Ella está embarazada… ¡y él tomará lo que por derecho le corresponde!

En el sensual calor de Río y de su carnaval, Ellie sucumbe a los encantos de su jefe, Diogo Serrador. Pero una vez le roba su virginidad, el multimillonario brasileño no quiere nada más con ella… ¡hasta que descubre que está embarazada!

Diogo no se conformará con menos que convertir a Ellie en su esposa. Su matrimonio es apasionado durante las noches, pero vacío durante el día. Ella se percata de que se encuentra en una situación imposible; el oscuro pasado de Diogo ha helado su corazón, pero ella se ha enamorado de su esposo…

Pasión en Río de Janeiro

Jennie Lucas

Acepte 2 de nuestras mejores novelas de amor GRATIS

¡Y reciba un regalo sorpresa!

Oferta especial de tiempo limitado

Rellene el cupón y envíelo a

Harlequin Reader Service®
3010 Walden Ave.
P.O. Box 1867
Buffalo, N.Y. 14240-1867

¡Sí! Por favor, envíenme 2 novelas de amor de Harlequin (1 Bianca® y 1 Deseo®) gratis, más el regalo sorpresa. Luego remítanme 4 novelas nuevas todos los meses, las cuales recibiré mucho antes de que aparezcan en librerías, y factúrenme al bajo precio de $3,24 cada una, más $0,25 por envío e impuesto de ventas, si corresponde*. Este es el precio total, y es un ahorro de casi el 20% sobre el precio de portada. !Una oferta excelente! Entiendo que el hecho de aceptar estos libros y el regalo no me obliga en forma alguna a la compra de libros adicionales. Y también que puedo devolver cualquier envío y cancelar en cualquier momento. Aún si decido no comprar ningún otro libro de Harlequin, los 2 libros gratis y el regalo sorpresa son míos para siempre.

416 LBN DU7N

Nombre y apellido	(Por favor, letra de molde)

Dirección	Apartamento No.

Ciudad	Estado	Zona postal

Esta oferta se limita a un pedido por hogar y no está disponible para los subscriptores actuales de Deseo® y Bianca®.
*Los términos y precios quedan sujetos a cambios sin aviso previo.
Impuestos de ventas aplican en N.Y.

Deseo™

En primera plana
Laura Wright

El magnate de los medios de comunicación Trent Tanford tenía una semana
para encontrar esposa… o perder su
imperio, pero ninguna de sus aventuras
de Manhattan cumplía los severos re-
quisitos que había impuesto su padre.
Entonces Trent se fijó en la joven de la
puerta de al lado. Con gafas y camise-
tas amplias, Carrie Gray parecía una
chica inocente, ¿pero qué pensaría
sobre los deberes maritales, vitales
para un hombre tan viril como él?
Trent tenía dinero y encanto suficientes para convencerla, pero jamás habían intercambiado una sola palabra.
¿Cómo iba a pedirle que se casara con él?

¿Estaría dispuesta a casarse por dinero?

Bianca™

Sólo iba ser una aventura; hasta que Penny anunció que estaba embarazada...

La niñera Penny Keeling sabe que trabajar para el atractivo y reservado

Stephano Lorenzetti no será tarea fácil; pero está dispuesta a hacerlo por el bien de la niña de él.

Y tiene el mismo empeño en no enamorarse de su atractivo jefe... ¡Ella ya ha sufrido en el amor!

Bajo el tórrido sol italiano, Stephano la seduce, y ella no puede evitar rendirse a él.

Tórrida pasión

Margaret Mayo